KB175743

목수의 연필

illusionist 세계의 작가 026

목수의 연필

ⓒ들녘 2012

초판 1쇄 발행일 2012년 10월 10일

지 은 이 마누엘 리바스
옮 긴 이 정창
펴 낸 이 이정원

출판책임 박성규
편집책임 선우미정
편집진행 김상진
편   집 이은 · 한진우 · 조아라
표지그림 최용호
디 자 인 김지연
마 케 팅 석철호 · 나다연 · 도한나
경영지원 김은주 · 김은지
제   작 송승옥
관   리 구법모 · 엄철용

펴 낸 곳 도서출판 들녘
등록일자 1987년 12월 12일
등록번호 10-156
주   소 경기도 파주시 교하읍 문발리 출판문화정보산업단지 513-9
전   화 마케팅 031-955-7374 편집 031-955-7381
팩시밀리 031-955-7393
홈페이지 www.ddd21.co.kr

I S B N 978-89-7527-600-2(set)
         978-89-7527-624-8(04870)

값은 뒤표지에 있습니다. 잘못된 책은 구입하신 곳에서 바꿔드립니다.

목수의
연필

마누엘 리바스 지음 ｜ 정창 옮김

들녘

차례

1

위층 거실로 올라가 보세요. 앵무새 지저귀는 소리를 듣고 계시답니다.

나이가 지긋한 여인이 미소를 띠며 다소곳이 한쪽으로 비켜선다. 고맙습니다. 신문기자는 답례를 하고 계단을 오르면서 세상의 모든 집마다 여주인의 눈(眼)을 닮은 주인이 손님을 맞이하면 좋겠다고 생각한다.

다 바르카 의사는 탁자 옆 버드나무 의자에 앉아 있다. 책장 위에 기대듯이 한 손을 내려놓은 채 겨울 빛이 감도는 화단을 바라다보고 있다. 어딘가 우스꽝스럽고 부자연스러워 보이는 노인의 뒷모습이 신문기자는 안쓰럽게 느껴진다. 하얀 철쭉꽃 사이에 걸쳐 있는 호스를 통해 산소탱크와 연결된, 그의 얼굴에 씌워진 산소마스크만 아니었으면 더없이 고즈넉한 장면이었을 것이다.

신문기자가 발걸음을 옮길 때마다 목재 바닥이 삐걱거린다. 인기척을 느꼈던 것일까? 노인이 화들짝 놀란 어린아이처럼 벌떡 몸을 일으키며 산소마스크를 떼어낸다. 생각보다 동작이 재빠르다. 키가 크고, 어깨가 넓다. 그 상태에서 들어 올린 양팔을 그대로 지탱하는 모습으로 봐선 그나마 팔이 몸에서 가장 성한 것처럼 보인다.

신문기자는 내심 당황한다. 사실 그는 임종을 앞둔 노인을 만나 고갈된 삶의 마지막 말을 뽑아낼 요량이었다. 알츠하이머라는 악에 맞서 애잔한 전투를 벌이는 노인의 생기 없는 목소리를 듣게 될 거라 생각했지, 산소탱크에 의지하여 생명을 연장하고 있는 말년의 환자가 그렇게까지 총기가 살아 있을 줄은 상상조차 못했다. 게다가 노인이 앓고 있는 병은 알츠하이머가 아니라 결핵이다. 동공이 확대된 램프 불빛 같은 눈과 장밋빛 유약을 바른 도자기 표면처럼 매끈한 뺨이 아름다운 병을 암시하고 있다.

기자분이 오셨네요. 여주인은 여전히 잔잔한 미소를 잃지 않은 채 말을 꺼낸다. 여길 보세요. 아주 젊은 분이에요.

그렇게까지 젊진 않습니다. 신문기자는 난감한 표정을 짓는다. 보기보단 나이가 많거든요.

자, 거기 앉으시오. 노인이 자리를 권한다. 산소를 빨던

중이었는데, 어때요, 한 번 마셔보지 않겠소?

그제야 신문기자는 한결 마음이 편안해진다. 대문을 열어준, 마치 세월의 끝이 선택하여 빚어낸 것 같은 여주인은 그지없이 아름답고, 더욱이 이틀 전까지 병원에 입원해 있었다던 노인은 기력이 되살아난 것 같아 가뜩이나 무거웠던 분위기를 떨쳐낸 기분이다. 인터뷰를 해보게. 신문기자는 사무실에서 들었던 이야기를 떠올린다. 망명했던 노인인데, 멕시코에선 체 게바라로 통했던 모양이야.

늦은 밤에 〈르몽드 디플로마티크〉지를 들여다보는 국장 말고는, 오늘날 케케묵은 인물에 관심을 가질 독자는 아무도 없다. 게다가 소우사는 정치에 신물이 나 있던 참이다. 최근에는 사회부를 맡았지만 속이 시커멓게 타들어가고 있다. 쓰레기, 그의 눈에 비친 세상은 온통 쓰레기장이다.

노인의 기다란 손가락이 움직이고 있다. 마치 고유의 생명을 지닌 키보드처럼, 주인에 대한 충직함 하나로 버텨온 존재처럼 저절로 움직이는 것 같다. 신문기자는 그 손가락이 다름 아닌 자신의 몸 상태를 집요하게 파헤치고 있다는 느낌에 사로잡힌다. 노인이, 아니, 의사가 그의 눈에 달린 랜턴으로 상대의 눈까풀 속에 담긴 의도를 읽고 있다는 의구심을 떨칠 수가 없다. 마치 의사 앞에 환자가 된 기분이다.

하긴 그럴 수도 있겠지.

여보, 마리사. 여기 마실 것 좀 가져와요. 노인이 입을 연다. 그래야 부고난에 내 이름이 잘 나올 게 아니오.

지금 무슨 생각을 하시는 거예요! 아내가 책망하듯 그 말을 받는다. 농담이라도 그런 말은 하지 마세요.

신문기자는 호의를 사양할까 했으나 그랬다가는 자칫 큰 낭패를 당할지도 모른다는 생각이 든다. 아니, 실제로 그는 물이 필요했다. 진작부터, 그러니까 오늘 아침 눈을 떴을 때부터 그의 몸은 물을, 딱 한 모금의 액체를 끈질기게 요구하고 있었다. 그런데 의사가 상대방의 심중을 꿰뚫어 보는 마법사처럼 방문객의 갈증을 정확하게 파악했던 것이다.

그쪽은 에이치-투-오(H-2-O) 씨가 아닌가요? 노인이 넌지시 캐묻는다.

아닙니다. 신문기자가 시큰둥하게 대답한다. 정확히 말하자면 제 문제는 물이 아니라는 겁니다.

그거 놀랍군. 우리한테는 술이 있소. 죽은 자들도 소생시킨다는 멕시코 테킬라요. 여보, 마리사. 두 잔만 부탁해요. 의사는 그렇게 말하고 한쪽 눈을 찡긋 감는다. 모르긴 몰라도 그의 손자들만큼은 혁명가 할아버지를 결코 잊지 못할 것이 분명하다.

건강은 어떠십니까? 신문기자가 내친 김에 묻는다. 어떤 식으로든 본론으로 들어가야 한다.

보다시피 이렇게 죽어가고 있잖소. 노인이 다소 과장된 몸짓으로 양팔을 벌린다. 그건 그렇고, 나한테서 취재거리가 있다고 생각하시오?

신문기자 소우사는 '카페 오에스테' 모임에 참석한 사람들의 대화를 떠올린다. 다 바르카 의사는 결코 제자리로 돌아갈 수 없는 빨갱이였어. 1936년에 사형선고를 받았는데, 기적적으로 목숨을 건졌지. 말 그대로 그건 정말 기적이었어. 다른 사람이 기적이라는 표현을 반복했다. 감옥을 나와 멕시코로 망명했는데, 프랑코가 죽을 때까지는 귀국할 생각이 전혀 없었나 봐. 초지일관 자기 사상을 지켜왔거든. 자기가 늘 얘기하던 '이데아'와 함께. 그 양반은 이 시대 사람이 아니라 다른 시대 사람이야.

난 이제 외형질밖에 안 남았소. 노인이 말한다. 아니, 그쪽이 원하면 외계인으로 적으시오. 그래서 이렇게 숨 쉬는 문제가 생겼다고.

국장은 인터뷰를 준비하는 소우사에게 사진 한 장과 간략한 기사거리를 건네주었다. 다 바르카 의사를 향한 대중적인 헌사가 대부분이었다. 기사 내용에 따르면 사람들은 가장 비참한 이들에게 인술을 베풀었던, 그것도 무료 진료를 제공했던 의사에게 고마움을 표하고 있었다. 한 이웃은 이렇게 증언했다. '망명 생활을 끝내고 귀국한 뒤에 대문을 걸어 잠근 적이 없었다'고. 신문기자는 의사에게 진작 찾아뵙지 못해 죄송하다는 유감을 표명한다. 사실 인터뷰는 박사님이 입원하기 전에 할 생각이었습니다.

이봐요, 소우사 씨. 자책하지 마시오. 의사가 말한다. 보아하니 여기 사람이 아니구먼. 안 그렇소?

신문기자는 그렇다고, 훨씬 더 북쪽 출신이라고 대답한다. 사실 그곳에서 보낸 세월이 몇 년밖에 안 됩니다만, 가장 마음에 들었던 건 갈리시아 지방에서만 흐르고 있는 시간이었습니다. 어느 곳에서도 찾아볼 수 없는 느긋한 시간 말입니다. '고메스 데 싸아(포르투갈에서 가장 전통적이고 독창적인 대구 요리 이름으로, 요리사의 이름에서 유래한다.—옮긴이)' 풍의 대구 요리를 맛보려고 간간이 포르투갈에도 들렀고요.

내 주책을 용서하시오. 노인이 다시 묻는다. 독신이오?

곤혹스럽다. 의사의 아내는 보이지 않는다. 테킬라 병과 술잔을 가져다놓고 말없이 사라졌다. 어색하다. 인터뷰를 하러 온 기자가 거꾸로 인터뷰를 당하는 기분이다. 신문기자는 독신이라고, 혼자 파묻혀 산다고, 너무나도 외롭게 지낸다고 터놓으려다 피식 웃는다. 사실 방을 빌려서 혼자

삽니다. 제가 너무 말랐다고 신경을 써주는 여주인은 포르투갈 출신인데, 갈리시아 지방 남자를 만나 결혼했습니다. 이들 부부가 붙으면 정말 재미있습니다. 아내는 남편을 '포르투갈 놈팡이'로 부르고, 남편은 아내를 '갈리시아 여편네' 같다고 맞받아치거든요. 시시콜콜한 것까지 말씀드리진 않겠습니다만, 정말 화끈한 부부입니다.

국경이라……. 노인이 생각을 담은 표정을 지으며 씩 웃는다. 국경이 있어서 좋은 건 딱 하나, 비밀리에 넘나들 수 있다는 거요. 하지만 이 세상을 어떤 정신 나간 왕이 침대에 누워서 제멋대로 선을 긋거나, 힘 있는 자들이 테이블 앞에서 포커게임처럼 주거니 받거니 하는 건 섬뜩한 일이오. 나는 아주 끔찍한 얘기를 하나 기억하고 있는데, 누군가가 그럽디다. 내 조부가 천하에 몹쓸 인간이었다고. 그래서 내가 물었소. 무슨 짓을 했느냐고, 살인을 했느냐고. 그랬더니 아니라고 합디다. 내 조부는 어떤 포르투갈 사람을 모시는 하인으로 살았어요. 만성 담낭염을 앓았지요. 아무튼 생각 끝에 나는 그 양반에게 약을 올려주려고 그랬지요. 나한테 여권을 선택할 기회가 주어지면 포르투갈 여권을 선택할 거라고. 하지만 기자 양반, 요즘은 국경이 그 자체가 지닌 모순 때문에 경계가 차츰 흐릿해지는 것 같아서 그나마 다행이오. 사실 국경이란 가난한 자들이 케이크를 나눌 때 가르는 선에 불과하거든.

　노인이 술잔을 입술에 적시더니 건배를 제안하듯 위로 들어올린다. 알고 있소? 나는 혁명가이자 인터내셔널주의자요. 예전의 인터내셔널주의자들, 굳이 밝히자면 제1인터내셔널주의자였소. 어때요? 이런 말을 들으니, 이상하지 않소?

　저는 정치에 흥미가 없습니다. 신문기자는 반사작용처럼 반응한다. 제 관심은 오로지 사람이거든요.

　사람이라…… 좋지. 혹시 노보아 산토스 박사(갈리시아 지방 출신의 저명한 병리학자이자 지식인으로, 오르테가 이 가세트와 함께 '공화국봉사단(ASR)'에 참여했으며, 1931년에 제헌의회 의원으로 선출되었다.)에 대해 들어본 적 있소?

　못 들었습니다.

　아주 흥미로운 분이라오. 이분은 '지적 현실'에 대한 이론을 주창했지요.

　알아보지 못해 유감이군요.

　유감일 것까진 없어요. 그분을 기억하는 사람은 거의 없으니까. 심지어 의사들조차 아는 사람이 드물어요. 우리 모두는 뽕나무 잎을 갉아먹는 비단벌레들처럼 서로 다투면서도 자신의 실을 풀어내는데, 그 실이 다른 실들과 엉키거나 엮이다 보면 그게 바로 아름다운 직물이나 멋진 천이 된다, 뭐 그런 뜻이오.

날이 저무는데, 화단에서 지저귀던 앵무새가 검은 몸통을 털어내는가 싶더니 파드득 허공으로 날아오른다. 불현듯 국경 너머로 가야 했던, 깜빡 잊고 있던 약속을 떠올린 것일까? 그사이 아름다운 여주인은 발코니로 돌아와 있다. 물시계에 스며드는 물처럼.

마리사. 노인이 아내를 찾는다. 앵무새를 노래한 시 있잖소? 가엾은 파우스티노(가톨릭 사제이자 시인으로, 프랑코주의와 공식 교회를 비판했으며, 망명지인 라틴아메리카에서 생을 마감했다.)의 시 말이오.

> 너의 비좁은 혈관을 흐르는
> 그 많은 열정과 그 많은 멜로디,
> 열정 위에 열정이 겹겹이 쌓이는데,
> 너의 작은 몸은 더는 받아들일 수 없어라.

그녀는 무엇인가를 간구하는 것도 아닌, 억양의 변화조차 없는, 마치 당연한 요구를 들어주는 사람처럼 담담하게 한 구절을 암송한다. 신문기자는 황혼녘의 채광창처럼 빛나는 그녀의 눈길에 전율을 느끼며 독한 테킬라를 쭉 들이켠다. 타는 듯이 뜨거운 액체가 목을 타고 내려가는 짜

릿한 기분을 느끼고 싶다.

어떻소? 노인이 묻는다.

무척 아름답군요. 어떤 시인입니까?

많은 여자들이 좋아하던 신부이자 시인이었소. 노인이
씩 웃으며 덧붙인다. 지적인 현실이 빚어낸 시라고 할 수
있지.

두 분은 어떻게 만났습니까? 신문기자는 본격적인 인터
뷰에 들어간다.

알라메다를 지나다닐 때부터 마음속에 두고 있었어요.
노인의 아내가 남편에게 눈길을 준 채 입을 연다. 하지만
이 양반 목소리를 처음 들은 건 친구들을 따라 나섰던 어
떤 극장 안이에요. 공화파 행사였는데, 참석자들이 여성의
투표권을 놓고 열띤 토론을 벌이더군요. 지금 상식으론 이
상하게 생각될 일이지만, 그 시절만 해도 여성 투표권은
격렬한 논쟁거리였어요. 특히나 여자들 사이에서. 안 그래
요? 그런데 이 양반이 일어나더니 여왕벌 이야기를 꺼내
는 거예요. 여보, 기억나요?

여왕벌 이야기요? 어떤 건데요? 신문기자가 참지 못하
고 묻는다.

고대에는 꿀벌이 어떻게 태어나는지를 모르고 있었소.
노인이 그 말을 받는다. 그래서 당시 현자들은, 그러니까

아리스토텔레스 같은 이들은 엉터리 이론을 만들었지요. 벌이 죽은 나귀의 내장에서 생겨난다는 식의 터무니없는 가설 말이오. 그리고 그렇게 만들어진 가설은 역사 속에서 끄떡없이 수 세기를 흘러왔지요. 기자 양반, 왜 그런 얼토당토 않는 일이 가능한 줄 아시오? 그건 벌들의 왕이 여왕벌이란 사실을 알아낼 능력이 없었기 때문이오. 자유도 그래요. 그런 식의 거짓을 바탕으로 세워진 자유란 게 어떻게 유지되겠소?

박수갈채가 터져 나왔답니다. 그의 아내가 덧붙인다.

아, 뭐 그 정도까진 아니었소. 노인이 계면쩍은 표정을 짓는다. 다들 그냥 박수를 쳐주더군요.

나는 그 전에 이 양반을 마음에 두고 있었어요. 그의 아내가 말을 받는다. 하지만 진짜로 매력을 느낀 건 그날, 그 이야기를 듣고 난 뒤였어요. 사실 우리 집안어른들은 이 양반을 이야기해주면서 가까이 지내지 못하도록 했거든요.

난 처음에 집사람이 양재 일을 하는 아가씨인 줄로만 알았소.

그의 아내가 배시시 웃는다.

맞아요. 내가 속였거든요. 사실 그날 이 양반 어머니 댁 앞에 있는 양재점에 옷을 맞추러 갔다가, 가봉이 잘됐는지 살펴보려고 밖으로 나왔어요. 그런데 때마침 왕진을 다녀오던 이 양반이 날 봤어요. 저만치 걸어가는가 싶더니 갑자기 고개를 돌리고 나한테 묻는 거예요. 여기서 일을 하느냐고. 내가 그렇다고 대답하니까 그러는 거예요. 참 아리따운 양재사 아가씨라고. 비단실로 바느질한 옷을 만들 거라고.

그사이 영원한 욕망의 문신이 박힌 눈빛으로 아내를 쳐다보던 노인이 그 말을 받는다.

산티아고의 인류학 유적지에는 아직까지도 녹슨 무기가 하나 남아 있을 거요. 집사람이 우리를 구원하기 위해 감옥으로 몰래 가져왔던 권총 말이오.

2

에르발은 거의 말이 없다.

그는 행주로 홀에 배치된 탁자들을 영양가죽으로 윤을 내듯 박박 닦는다. 재떨이를 비우고 빗자루를 든다. 구석 구석까지 싹싹 쓸어낸다. 스프레이를 뿌린다. 그가 깡통 이라고 부르는 스프레이는 캐나다소나무 향이 난다. 홀 정 리가 끝난다. 그가 클럽 바깥에 걸린, 국도 쪽으로 나 있 는 네온사인을 켠다. 불빛이 발하면서 붉은 활자와 튼실한 이두박근으로 젖가슴을 밀어 올리는, 북구의 여신 발키리 를 연상시키는 여성의 이미지가 되살아난다. 이어 음향기 기에 코드를 꽂고, 턴테이블에 LP판 디스크를 올려놓는다. 밤새 몸부림치는 탄원의 기도처럼 반복될 노래 '차오, 아 모레(프랑스 가수 달리다의 전설적인 샹송 '사랑이여, 안녕'—옮긴이)'

가 흘러나온다. 영업 준비가 끝난다. 이제 그에게 남은 것은 제시간에 맞춰 출입문에 달린 자물쇠를 푸는 일뿐이다. 그때를 기다렸다는 듯이 마닐라가 가볍게 박수를 치고 나서 마치 카바레 무대에 데뷔하는 여가수처럼 머리에 핀을 꽂는다.

얘들아, 그만 일어나야지! 2층에서 마닐라가 소리친다. 오늘은 백구두들이 오늘 날이야!

그녀가 말하는 백구두들은 프론테이라(포르투갈 북부 국경 지대에 위치한 소도시—옮긴이)에서 백참치와 어분 혹은 코카인을 다루던 밀수꾼들의 영역을 점령한 패거리이다.

홀에서 에르발의 자리는 정해져 있다. 밤새 그는 스탠드바 안쪽에서 스탠드에 팔꿈치를 괸 채 마치 검문소 초병처럼 홀을 드나드는 손님들을 지켜본다. 특히 그가 말하는 '빤질빤질한 낯짝'이나 '칼날 같은 혓바닥'은 주요 고객이자 그가 주시하는 주요 감시 대상이다. 물론 그가 자리를 비우는 일은 흔치 않다. 마닐라가 바쁜 경우에는 손수 컵을 날라 주기도 하는데, 그럴 때면 전쟁터에서 죽기 아니면 살기로 보급품을 전달하는 병사처럼 신속하게 움직였고, 그것도 부족한지 기왕에 가져간 알코올을 손님들의 간에 들이부을 것처럼 살벌한 분위기를 연출하곤 했다.

마리아 다 비시타사우가 창가에 서서 국도 쪽을 물끄러

미 바라다보고 있다. 그녀는 아프리카 대서양에 위치한 외딴 섬 출신이다. 그녀에게는 신분증은 고사하고 여권조차 없다. 누군가가 그녀를 마닐라에게 팔아 넘겼다는 소문이 돌기도 했지만 그녀는 아무것도 모른다. 그녀의 눈에는 아직도 모든 게 생소하다. 낯선 나라에 대해서는 쭉 뻗은 국도 너머에 있다는 프론테이라만큼이나 아는 게 없다. 그 누구든지 그녀가 창문 물매에 놓여 있는 제라늄 화분과 창가 사이에 서 있는 자태를 본다면 아마도 예쁜 얼굴에 붉은 나비들이 내려앉은 토템 상을 떠올릴 것이다.

그녀의 시선은 국도 저편에 피어난 미모사에 머물러 있다. 낯선 나라에서 보낸 첫 겨울, 그녀는 노변에 촛불처럼 피어난 미모사를 보면서, 검은 영혼들의 휘파람 소리가 담겨 있는 앵무새 울음소리를 들으면서 살얼음 같은 추위를 잊을 수 있었다. 잡목들 뒤로는 자동차들의 공동묘지인 폐차장이 있다. 그곳에는 고철 더미 사이를 헤집는 사람들이 간간이 눈에 띄기도 하지만, 실질적인 거주자는 사람이 아니라 바퀴 없는 자동차에 묶여 있는, 자동차 지붕 위에서 하루 종일 짖어대는 개이다. 폐차장을 바라보던 그녀가 불쑥 오싹한 한기를 느낀다. 그녀는 자신이 지구의 북단 어딘가에 있는 거라고, 프론테이라 위쪽으로는 짙은 안개와 세찬 바람이나 눈보라가 몰아치는 곳일 거라고 상상한다. 그곳에서 오는 사내들의 눈에는 하나같이 등대불이 켜 있었다. 언 손을 비벼대며 클럽에 들어선 그들은 밤새 독한 술을 마시며 떠들어댔다.

그런 그들과 달리 에르발은 말수가 적다.

에르발.

마리아는 에르발이 마음에 든다. 무엇보다도 그녀를 겁주지 않는다. 국도 주변 다른 클럽의 기도들과 달리 어린 아가씨에게 손찌검을 하지 않고, 온종일 따발총처럼 나불대는 마닐라를 함부로 대하지 않는다. 마리아는 마닐라의 기분이 음식에 달려 있다는 것을 진즉 깨달았다. 평소에는 딸자식처럼 대하다가도, 음식을 가리지 않고 먹어대는 아가씨들이 조금이라도 살이 찌면 당장이라도 내장에서 비곗살을 떼어낼 듯 무지막지한 욕설을 퍼부어댔다. 클럽은 밤새 문을 연다. 다들 낮에 잠을 잔다. 에르발과 마닐라의 관계는 아무도 모른다. 두 사람은 함께 잔다. 적어도 같은 침실을 쓴다. 주인과 종업원처럼 행동했지만, 그렇다고 누가 지시를 내리지도, 받지도 않는다. 육두문자를 주고받는 적도 없었다.

마리아는 일찍 홀로 내려간다. 온몸이 뻐근하다. 몽둥이로 흠씬 두들겨 맞은 것 같다. 재를 씹은 것처럼 입맛이 텁텁하다. 밤새 거칠고 완강한 밀수꾼들을 상대했던 터라 속살이 쓰리다. 일단 차가운 맥주에 레몬주스를 섞어서 쭉 들이켜야 속이 풀릴 것 같다. 홀에는 아직 블라인드가 내려져 있다. 흐릿한 전등 불빛이 포커스처럼 집중된 테이블 앞에 누군가가 혼자 앉아 있다. 에르발.

종이 냅킨 위에 목수의 연필로 무엇인가를 그리고 있다.

3

어이, 동무, 미안해. 정말 미안하다고. 그러면서 삼촌은
방아쇠를 잡아당기더군. 난 안 그랬으면 하는데, 삼촌은
덫에 걸린 여우를 사정없이 두들겨 패더니 갑자기 목덜미
를 겨누는 거야. 그 순간, 그러니까 삼촌과 포획물의 눈이
마주치는 순간, 나는 삼촌이 짐승에게 눈으로 속삭이는
말을 들었지. 이렇게밖에 달리 방도가 없단다……. 그런
데 그 화가 앞에서 삼촌이 했던 말이 내 머릿속에 떠오르
는 거야. 그동안 수없이 못할 짓을 저질렀던 게 켕겨서 나
는, 미안하다고, 이러고 싶지 않은데 이럴 수밖에 없어서
미안하다고 중얼거렸지. 그 화가하고 눈이 마주치는데, 그
양반이 무슨 생각을 하고 있는지 몰랐지만, 난 당신 속마
음을 이해한다고 변명이라도 해주고 싶었어. 고문 같은 고

통에서 한시라도 빨리 벗어나고 싶을 거라고. 그래서 나는
더 이상 지체하지 않았어. 그 양반 관자놀이에 총구를 갖
다 대고 방아쇠를 당겼지. 딱 한 방이었어. 그러고 나중이
되어서야, 나중에서야 그 사람 연필이 떠오르더군. 그 양반
이 늘 귀에 꽂고 다니던 목수의 연필, 바로 이 연필 말이야.

4

무장을 한 군인들은, 이른바 '새벽의 부대'라고 불리던 '산책자'들은 무던히도 애를 먹었다. 그들은 당황한 눈빛으로 희생자를 내려다보았다. 총알이 빗나가자 희생자가 이렇게 말하는 것 같았다. 이런 바보 같은 녀석들! 사람을 이런 식으로 죽이는 게 아니야! 산책자들은 돌아오는 길에 죽은 자가 자기들의 축제를 망쳤다고 생각했다. 동시에 그들은 자신들에게 생길지도 모를, 죽은 자의 저주를 생각하며 몸서리를 쳤다. 어쩌면 자신들의 사지를 산 채로 절단해서 입 속에 처넣을지도 모른다는, 아니면 자신들이 화가 프란시스코 미겔에게 그랬던 것처럼, 재단사 루이스 우이시에게 그랬던 것처럼 자신들의 손가락을 자를지도 모른다는 두려움에 떨었다. 이봐, 멋쟁이. 어서 꿰매지 않고 뭐하는 거야!

놀랄 것 없어. 에르발이 마리아 다 비시타사우에게 말한다. 그때는 모든 게 그런 식이었으니까. 내가 아는 산책자들 중 하나는 조문을 가서 과부의 손에 죽은 남편의 손가락을 쥐어주는데 한참을 울기만 하더래. 손가락에 낀 결혼반지를 바라보면서.

누구에게든 들들 볶아대는 교도소장에게는, 사람들 얘기에 따르면, 수감자들 중 오랜 친구가 하나 있었다. 하루는, 그러니까 '산책'이 있던 날, 교도소장이 에르발을 따로 불러 산책자들과의 동행을 부탁했다. 차마 오랜 친구를 자기 손으로 처단할 수는 없었던 것이다. 에르발은 그의 말을 들으며 손목시계가 떨고 있는 느낌을 받았다. 에르발, 고민할 것까진 없잖아. 목소리를 낮추었지만 거드름이 잔뜩 묻어 있는 음색이었다. 그날 에르발은 산책자들과 함께 감방으로 갔다. 화가 양반, 석방입니다. 자정을 알리는 베렌겔라 종소리가 들린 뒤였다. 이 한밤중에 석방이라니? 화가가 못 믿겠다는 눈치로 반문했다. 이봐요, 날 힘들게 만들지 말고 어서 나와요. 어둠에 잠긴 복도 한편에는 프랑코주의자들이 하얀 이를 드러낸 채 히죽거리고 있었다.

에르발은 주저하지 않았다. 관자놀이에 총구를 들이대고 방아쇠를 당길 때 덫을 놓는 사냥꾼 삼촌을 떠올렸다.

짐승들에게 이름을 붙여주던, 토끼를 '호세피나'로, 여우를 '돈 페드로'라고 부르던 삼촌을. 사실 에르발은 화가를 무척이나 존중했다. 그가 아는 화가는 완벽한 존재였다. 그는 에르발을 간수가 아니라 극장을 지키는 기도처럼 자연스럽게 대해주었다. 때문에 에르발은 주저하지 않고 방아쇠를 당겨 고통 없이 보낼 수 있었다. 딱 한 방으로.

화가는 에르발을 전혀 몰랐지만, 에르발은 화가에 대해 어느 정도 알고 있었다. 화가의 아들이 친구들과 함께 산티아고에서 독일어를 가르치던 어느 독일인의 집에 돌을 던져 유리창을 깨뜨린 일이 있었다. 히틀러 추종자였던 그 독일인은 분을 참지 못하고 경찰서로 달려가 국제 범죄를 운운하며 처벌을 요구했다. 그러나 곧바로 경찰서 안의 모두를 계면쩍게 만드는 일이 벌어졌다. 화가가 여전히 씩씩거리는, 눈이 황소 눈알보다 더 큰 아들을 데리고 경찰서에 나타나더니 자기 아들이 독일인의 집에 돌을 던진 아이들 중 하나라며 자식을 고발했다. 경찰서장은 어안이 벙벙해졌다. 다들 할 말을 잃었다. 결국 경찰서장은 그 사건을 접수했지만, 아버지와 아들을 돌려보내라고 지시했다.

그만큼 화가는 올곧은 양반이었지. 에르발이 마리아에게 말한다.

화가는 첫 수감자들 중 한 명이었다. 그자는 위험인물이야. 란데사 중사가 경고했다. 위험하다고요? 에르발이 반문했다. 중사님, 그 양반은 개미 한 마리 밟아 죽이지 못합니다. 그러나 중사는 막무가내였다. 네놈이 뭘 안다고그래! 그자는 벽보를 그리는 인물이야. 사상을 그리는 자라고!

군부가 반란을 일으켰을 때 프랑코주의자들은 공화주의자들 중에서도 요주의 인물들을 감옥에 넣었다. 그중에는 평범한 사람들도 없지 않았지만, 다들 란데사 중사의 블랙리스트에 등재된 인물들과 일치했다. '아 팔코나'로 알려진 산티아고 교도소는 락소이 궁전 뒤편, 오브라도이로 광장으로 통하는 언덕에 있었는데, 맞은편에 대성당이 있다 보니 교도소에서 땅굴을 파면 대성당의 아포스톨 납골당까지 자연스럽게 연결될 수 있었다. 또한 교도소 뒤편은 사창굴이었다. 이러한 연유로 사람들은 중세 시대에 하느님의 전당, 즉 대성당 근처에 있던 죄악의 장소 '인페르니뇨'가 교도소부터 시작된다고 말해 왔다.

교도소 담장은 이끼가 끼어 반들반들했다. 그러나 겉모습과 달리 여름철 교도소 안은 '죽음의 응접실'이었다. 반면에 눅눅한 냄새로 찌든 냉장고 같은 겨울은 물에 젖은 종잇장만큼이나 무거운 냉기가 감돌았는데, 그곳에서 혹독한 겨울을 보낼 거라고 생각하는 사람은 아무도 없었다.

처음에는 그랬다. 간수든 수감자든 다들 느긋했다. 미처 예상하지 못한 장애물을 만난 여행객들처럼 그들은 삶의 엔진에 시동을 걸고 다시 길을 나설 거라고 기대했다. 게다가 면회가 허용되어 가족들은 집에서 만든 음식을 수감자들에게 가져다주었다. 간수들의 감시와 통제 역시 느슨했다. 자유시간이 주어지면 수감자들은 화가의 벽화가 그려진 '카페 에스파뇰'로 모여들었다. 찻잔의 김이 모락모락 피어오르는 테이블 주위에서 며칠 만에 뚝딱 만든 의자나 바닥에 털썩 주저앉아, 혹은 담벼락에 기댄 채 자유롭고 열띤 토론을 벌였다. 어떤 이들은 휴식을 취하는 노동자들처럼 자기들의 주인인 태양을 향해 모자챙에 손을 갖다 붙이거나 도랑에 경멸의 뜻이 담긴 침을 뱉는 아이러니한 경의를 표한 다음, 물과 빵을 찾아 헤매는 즉흥 퍼포먼스로 좌중의 웃음을 유발하기도 했다. 그곳에서는 모두가 똑같았다. 다들 죄수복이나 셔츠 차림이었고, 다들 기나긴 기다림이었고, 다들 켜켜이 쌓이는 달력의 먼지였고, 다들 평등했다. 그들은 마치 먹물로 그린 그림에서 튀어나온 것 같은 자신들의 모습을 바라보며 한 마디씩 내뱉었다. 이거 추수하는 농군 같잖아. 방랑자 같은 걸. 난 집시 같은데…… 아니, 영락없는 죄수 같잖소. 화가가 못을 박듯 경고했다. 우리는 서서히 죄수의 색깔을 띠기 시작한 거요.

근무 시간에 에르발은 가까이서 그들의 대화를 엿들을 수 있었다. 그들은 라디오처럼 떠들어댔고, 그는 다이얼로 주파수를 맞추듯이 여기저기 귀를 기울였다. 그는 그들의 대화에 전혀 관심 없는 듯한 얼굴로 슬그머니 벽으로 다가가서 뜰로 나가는 문기둥에 빨대를 꽂았다. 그들의 화두는 단연 정치 문제였다. 이 상황이 끝나는 즉시 공화국은 망망대해에서 조난을 당한 선원들의 마음으로 잘못된 매듭을 풀어내야 합니다. 포르토 도 손 출신의 교사 세라르도가 힘주어 말했다. 다시 말해 연방공화국을 세워야 한다, 이겁니다.

그들의 화제는 인간과 원숭이 사이의 연결고리에 대한 이야기로 이어졌다.

어떤 형태로 보면 우리 인간은 완벽의 산물이 아니라 질병이 만들어낸 결실입니다. 다 바르카 의사가 말했다. 우리 인간은 진화하는 과정에서 돌출된 돌연변이로, 어떤 병리학적인 문제 때문에 똑바로 설 수밖에 없었던 겁니다. 돌연변이는 네 발로 움직이는 조상들에 비해 열성(劣性)이지만, 우리는 잃어버린 꼬리와 털에 대해 더 이상 얘기하지 않습니다. 생물학적 관점에서 엄밀하게 말하자면 돌연변이는 일종의 재앙입니다. 침팬지들은 호모에렉투스를 처음 본 순간 크게 웃었을 겁니다. 꼬리도 없고, 털도 반밖에 안

난 이상한 존재가 꼿꼿이 서 있으니, 침팬지들로서는 배꼽이 빠질 수밖에요.

나는 종(種)의 진화 이야기보다는 성서에 담긴 문학이 더 마음에 듭니다. 화가가 그 말을 받았다. 성서는 최고의 시나리오잖아요. 오늘날에도 세계적인 영화를 만들어내지 않습니까!

아닙니다. 여러분, 최고의 시나리오는 우리가 모르고 있는 저것, 바로 세포가 만들어내는 비밀스러운 시입니다.

다 바르카, 내가 교회 회보에서 읽었던 글이 사실이란 말이오? 카살(갈리시아 지방 출신의 공화파 인물로 1920년대의 상징적인 출판사들을 지원했다. 덕분에 '노모' 같은 출판사는 그라나다 지방 출신의 시인 가르시아 로르카의 『여섯 편의 갈리시아 시』를 발간한다. 산티아고 시장 재임 중 군부에 체포되어 시인이 처형된 날 밤에 살해됐다.)이 비꼬는 투로 끼어들었다. 하긴 어떤 강연에서는 우리 인간이 잃어버린 꼬리를 그리워한다는 얘기도 했더군요.

다 바르카가 씩 웃었다. 다들 따라 웃었다. 그렇습니다. 나는 인간의 영혼이 갑상선에 있다는 얘기도 했습니다. 그러나 지금은 우리가 하던 이야기를 마저 할까 합니다. 우리 의사들은 우리 인간이 갑자기 일어설 때 느끼는 어지러움이나 현기증을 수직성에 적응하려는 신체 기능의 혼란으로 봅니다만, 그런 증상은 우리 인간이 수평적인 것에 향수를 느끼기 때문에 벌어지는 겁니다. 꼬리에 대해 이야기하자면 진기한 생물학적 결점으로 보는데, 다시 말해 흔히들 우리 인간이 꼬리가 없다 혹은 있다, 있지만 잘린 것이라고 말하는데, 분명한 건 이러한 꼬리의 부재가 '구어(口語)의 기원'(성경을 의미하는 은유적 표현이다.—옮긴이)을 설명하기 위한 예로 다뤄진다면 그건 꼬리를 경멸하는 짓이나 다름없다는 겁니다.

이해가 안 되는군요. 화가가 씩 웃으며 끼어들었다. 당신 같은 사람이, 당신 같은 유물론자가 산타 콤파냐('영성 동료들'이란 뜻으로, 갈리시아 지방에서 유래된 죽음을 앞둔 자들을 위로하기 위해 찾아가는 '망자들의 행렬'을 일컫는다.—옮긴이)를 믿을 수 있다니 말이오.

잠깐! 난 유물론자가 아닙니다. 이렇게 통속적인 나를 유물론자라고 부르는 건 누군가가 지겨움에서 벗어나기 위해 애꿎은 유물론을 모욕하는 것밖에 안 됩니다. 나는 어떤 지적인 현실과 어떤 상황, 굳이 그런 식으로 표현하자면 초자연적인 현상을 믿으니까요. 아무튼 지상에서 조롱거리로 비하된, 두 발로 걷게 된 돌연변이는 침팬지한테 당했던 비웃음을 침팬지한테 되돌려주었습니다. 돌연변이는 침팬지의 웃음이 모독이라는 걸 인식했고, 돌연변이가 흠이고 비정상적이라는 것도 알게 되었습니다. 돌연변이 역시 죽음에 대한 본능을 지니고 있었습니다. 돌연변이는 동물에게도 있고, 식물에게도 있었습니다. 그 근원이 있기도 했고, 없기도 했습니다. 이러한 혼란과 진기함에서 위대한 얽힘이 생성되는 바, 그게 또 다른 자연이고, 그게 또 다른 현실입니다. 그리고 그게 바로 노보아 산토스 박사가 명명한 '지적 현실'입니다.

노보아 산토스는 나도 잘 알고 있소. 카살이 그 말을 받았다. 내가 그 양반 글을 출간한 적이 있는데, 그런 의미에서 보면 우린 좋은 친구라고 할 수 있을 거요. 그 양반은 경이적이고 독창적인 인물이오. 이렇게 무례한 나라에서 그냥 썩기에는 너무나도 아까워요.

얼마 되지 않은 자산을 노보아의 책을 발간하는 데 내놓았던 산티아고 시장 카살은 잠시 이야기를 끊었다가 우울한 표정으로 과거를 회상했다. 가난한 사람들은 그 양반을 '새로운 성자'라고 불렀어요. 반면 성직자들과 동굴에 갇힌 학계는 그 양반을 증오했고. 한번은 그 양반이 카지노에 들어가 창문 밖으로 집기들을 내던졌지요. 어떤 청년이 노름빚 때문에 자살하자 항의 표시로 그랬던 겁니다. 노보아의 이념은 일종의 강령 같아요. 좋은 존재가 되느냐, 아니면 배반한 존재가 되느냐. 둘 중 하나를 선택하게끔 만들거든요. 그 양반이 마드리드에서 강단에 섰을 때, 원형 강의실을 꽉 채운 2천 명의 참석자들이 벌떡 일어서면서 유명한 예술가를 대하듯, 마치 카루소를 대하듯 열렬한 박수와 환호를 보냈는데, 혹시 강의 주제가 무엇이었는지 알고 있습니까? 그날 강의는 인체의 반사작용이었답니다.

아, 나도 학생일 때 운 좋게 그분의 회진을 따라나선 적이 있습니다. 다 바르카 의사가 말했다. 한 노인이 죽음을 앞두고 있었는데, 어떤 의사도 그 노인의 병을 정확하게 진단하지 못했습니다. 하지만 입을 여는 동시에 입김이 서릴 정도로 음침하고 눅눅한 냉기가 감돌고 있는 자선병원에서 선생은 노인을 보자마자, 손끝 하나 건드리지 않고서 그러시더군요. 노인이 앓고 있는 병은 배고픔과 추위라고. 환자가 싫증을 낼 만큼 따스한 수프를 먹이고 담요 두 장을 내주라고.

그런데 의사 선생님, 선생님은 진짜로 산타 콤파냐를 믿는 겁니까? 이번에는 돔보단이 천진난만한 아이처럼 물었다.

다 바르카 의사는 연극배우처럼 상대방을 꿰뚫어보는 눈길로 좌중을 쓱 훑어본 뒤 입을 열었다.

전 산타 콤파냐를 믿습니다. 제 눈으로 똑똑히 봤거든

요. 전해 내려오는 풍습 때문이 아닙니다. 학창시절, 한밤 중에 보이사카 공동묘지 옆에 있는 납골당을 찾은 적이 있습니다. 시험 기간이었는데, 설상골(楔狀骨)이라고, 엄청 나게 까다로운 두개골 부위의 뼈가 필요했거든요. 아, 설상 골이란 게, 날개 달린 개똥벌레처럼 생긴 그게 그토록 경 이로울 줄은 상상조차 못했습니다. 그런데 그때였습니다. 무슨 소리가 들리는 겁니다. 아니, 소리가 아니라 어떤 침 묵이 부르는 그레고리 성가 같더군요. 동시에 촛불들이 긴 띠를 이루며 움직이고 있는데, 그렇습니다, 긴 띠를 이루며 걷고 있는 건 바로 인골로 이루어진, 아차, 제 불경을 용서 하시길, 다름 아닌 망자들의 행렬이었던 겁니다.

그러나 의사는 용서를 구할 것까지는 없었다. 다들 믿을 수 없다는 눈빛이었지만, 그러면서도 의사의 이야기를 놓 치지 않으려고 귀를 쫑긋 세웠다.

그래서요?

그게 답니다. 전 담배를 만지작거렸지요. 혹시나 달라고 들 할까 봐서. 하지만 다들 눈길 한 번 주지 않고 그냥 지 나가더군요.

어디로 가던가요? 돔보단이 다시 조바심을 참지 못하 고 물었다.

그러자 다 바르카는 모두의 의구심을 가차 없이 지워버

리겠다는 듯 심각한 눈길로 돔보단을 뚫어지게 바라보더니 입을 열었다.

친구, '영원한 무관심'으로 가던 걸요.

예상보다 싱거운 대답에 돔보단이 미심쩍은 기색을 감추지 못하자 그는 씩 웃으며 덧붙였다. 사실 전 그들이 산 안드레스 데 테익시도(코루냐 지방에 있는 조그만 바닷가 마을.—옮긴이)로 가는 길이었다고 생각합니다. 살아서가 아니라 죽어서 간다는 곳 말입니다.

나도 얘기 하나 합시다. 그때까지 말없이 그들의 대화를 듣고만 있던 식자공 마로뇨가 나섰다. 사회주의자로 친구들 사이에서 '오보'로 불리는 인물이었다. 이건 지어낸 이야기가 아니라 진짜 일어난 일입니다.

어디서 일어난 일인데요?

당연히 갈리시아 지방이지요. 갈리시아가 아니고서야 어디서 그런 일이 일어나겠습니까?

알겠습니다.

만도우로라는 곳에 두 자매가 살았습니다. 그들이 사는 집은 부모가 물려준 농가로, 바다가 있고, 멀리 유럽에서 남쪽 바다로 항로를 바꾸는 배들이 보이는 곳이었습니다. 그리고 그들 자매의 이름은 각각 비다('삶'이라는 뜻.—옮긴이)와 무에르테('죽음'이라는 뜻.—옮긴이)로 활달하고 건강한 데

다 예뻤습니다.

그 무에르테라는 아가씨도 그렇게 예뻤나요? 돔보단은 이번에도 호기심을 참지 못하고 물었다.

물론입니다. 체구가 조금 크긴 했지만 예뻤어요. 평소 자매는 사이가 아주 좋았습니다. 그래서 약혼자들처럼 남자들한테 잘 보이고, 남자들과 함께 모험을 나서되 절대로 헤어지지 말자는 맹세도 했습니다. 어떠한 일이 있어도 말입니다. 두 자매는 축제에도 함께 가곤 했는데, 하지만 교구의 청년들이 참석하는 도나이레로 가는 길이 생각보다는 쉽지 않았습니다. 그래서 두 자매는 프론테이라처럼 도처에 수렁이 도사리고 있는 늪지를 지날 때마다 신발을 손에 들고 대신 나막신을 신었습니다. 무에르테는 하얀 신발을, 비다는 검은 신발을…….

거꾸로 된 거 아닙니까?

아닙니다. 방금 얘기했던 그대롭니다. 자매가 신발을 손에 든 이유는 다른 아가씨들처럼 깨끗한 신발을 신고 춤을 추기 위해 그랬던 겁니다. 축제일마다 무도회장 앞에 백여 켤레의 나막신이 놓여 있는 것도 그런 이유였고요. 마치 조각배들이 모래사장에 정박된 것처럼 말입니다. 반면에 청년들은 달랐습니다. 아가씨들 앞에서 멋진 인상을 심어 주려고 말을 탔으니까요.

그러던 어느 겨울밤에 조난사고가 났습니다. 그 이유가 본래 이 나라가 조난사고가 잘 나기 때문에 그렇다는 건 여러분이 잘 알 겁니다. 그러나 이번에는 아주 특별한 경우였습니다. 팔레르모라는 배에 나무상자로 포장한 아코디언이, 한두 개가 아니라 천여 개나 실려 있었습니다. 한데 폭풍이 파도를 일으켜 배를 침몰시키자 바다는 억센 인부의 팔처럼 강한 힘으로 상자를 부수고 그 속에 든 아코디언을 해안가로 끌고 갔던 겁니다. 어떤 일이 벌어졌겠습니까? 해안가에는 밤새도록 청아하면서도 구슬픈 아코디언 소리가 날 수밖에요. 강풍을 타고 마을로 흘러든 악기 소리는 잠자던 마을 사람들을 깨웠습니다. 자매도 마찬가지였겠지요. 이튿날 아침 모래사장에는 아코디언들이 널려 있었습니다. 물에 빠져 죽은 것 같은 처참한 광경이었습니다. 그 많던 악기들은 딱 하나만 남기고, 몽땅 쓸모가 없게 되었습니다. 그런데 그렇게 살아남은 한 악기를 어느 청년 어부가 바닷가 동굴에서 우연히 발견했습니다. 그 악기를 행운의 악기로 여긴 청년은 연주를 배웠습니다. 평소 쾌활하고 용기 있는 청년에게 아코디언은 신이 베푼 은총이나 다름없었습니다. 왜냐하면 그 청년은 무도회장에서 자매 중 하나인 비다를 만나 사랑에 빠졌으니까요. 한편 청년과 사랑에 빠진 비다는 무에르테와 함께 지내는 것보다 사랑이 더 가치 있는 일이라고 생각했습니다. 결국 비다는 청년과 함께 도망을 쳤습니다. 평소에 악마적인 근성을 지닌 무에르테가 가만둘 리가 없다는 걸 누구보다 잘알고 있었던 겁니다. 아무튼 그때부터 무에르테는 두 사람을 찾아 여기저기를 돌아다니고, 특히 폭풍이 몰아치는 밤이면 나막신이 놓여 있는 집 앞에서 발길을 멈추고 묻습니다. 혹시 아코디언 연주가와 바람이 나서 도망친 비다를 보았느냐고. 상대가 모른다고 대답하면 모른다는 이유로 앞장을 세운답니다.

식자공 마로뇨가 이야기를 마치자 화가가 중얼거리듯 말했다. 귀담아 들을 만한 이야기군.

어떤 술집에서 들었던 얘기입니다. 대학가 술집이었는데…….

우리 모두를 죽이고 말 거야! 그때 누군가가 소리쳤다. 여러분, 그래도 모르겠습니까? 우리 모두를 다 죽이고 말 거라고요!

그렇게 소리를 지른 사람은 그룹과는 조금 떨어진 한쪽 귀퉁이에서 깊은 상념에 잠겨 있던 수감자였다.

여러분, 여러분은 이 옛날이야기에 담긴 뜻을 알아야 합니다. 여러분은 저들이 우리를 다 죽일 거라는 걸 눈치 채지 못하고 있습니다. 저들은 우리를 다 죽이고 말 겁니다.

우리 모두를!

다들 흠칫 놀라며 서로의 얼굴을 바라보았다. 머리 위로 파랗고 뜨거운 8월의 하늘이 얼음조각으로 부서지고 있는데도 어찌할 바를 모른 채 망연자실하게 지켜보는 사람들 같았다.

다 바르카 의사가 식자공에게 다가가더니 손목을 붙잡았다.

진정해요, 발도미르, 진정하라고요! 말이 씨가 되는 법입니다.

5

화가는 목수의 연필을 얻었다. 그 연필을 귀에 꽂은 화가는 언제 어디서든 마음만 먹으면 그림을 그릴 수 있었다. 그가 얻은 목수의 연필은 본래 안토니오 비달 것이었는데, 하루 여덟 시간 노동을 주장하며 파업을 주도했던 비달은 〈엘 코르사리오〉지에 송고할 일지를 작성했던 그 연필을 페페 비야베르데에게 선물했다. 마리키냐라는 딸과 프라테르니다드라는 딸을 둔 해안가 출신의 목수 비야베르데는 스스로를 무정부주의자이자 인문주의자로 여긴 인물로, 노동자 집회 연설을 항상 사랑에 대한 이야기로 시작했다. 사랑을 하면 공산주의자처럼 살게 되고, 그 삶은 얼마나 사랑하느냐에 달려 있습니다. 비야베르데는 철도 회사에서 명부 작성 담당자가 되자 그 연필을 조합주의자이자 목수였던 친구 마르시알 비야모르에게 선물했다. 이어 마르시알은 팔코나 사냥에 나섰던 산책자들의 손에 죽기 전에, 화가가 기왓장 조각으로 '포르티코 델라 글로리아(산티아고 데 콤포스텔라 대성당을 장식하고 있는 주랑 현관, 즉 '영광의 문'을 지칭한다.—옮긴이)'를 그리고 있다는 사실을 알고서 그 연필을 화가에게 선물했다.

하루하루가 바뀌면서 불길한 기운이 짙게 드리워질수록 화가는 자신의 노트에 더욱 집중했다. 수감자들이 잡담을 나누는 시간에도 쉴 새 없이 연필을 놀렸다. 수감자들의 옆모습을, 그들의 특징적인 동작을, 그들의 시선을, 그들의 그늘진 표정을 하나도 놓치지 않았다. 열병에 들뜬 사람처럼 그림을 그렸다. 밤새 다급한 주문에 매달린 장인 같았다.

하루는 화가가 포르티코 델라 글로리아에 나오는 인물들을 동료들에게 빗대며 하나하나 설명했다.

포르티고 델라 글로리아는 팔코나 교도소에서 불과 몇 걸음만 떼면 들어갈 수 있었지만, 간수인 에르발이 세상에 태어나서 대성당에 가 본 것은 딱 두 번뿐이었다. 한 번은 어릴 때 부모를 따라 양배추와 양파 씨를 팔러 간 산티아고 축제일이었는데, 그날 어린 그는 산토 데 로스 크로케스에서 세공용 주형을 만지작거리다가 돌에 이마를 찧고 말았지만, 그 와중에도 앞을 못 보는 어느 성자의 눈을 쳐다보느라 정신이 없었다. 그날 그의 아버지는 앞니가 빠진 입으로 씩 웃더니 아들의 목덜미를 움켜잡으며 고개를 위로 젖혀 밤하늘을 바라보게 만들었다. 그의 어머니가 말했다. 애야, 좋은 일을 하지 않는 사람한테는 별빛이 내려오지 않는단다. 그러자 그의 아버지가 말했다. 그따위 말도 안 되는 소리에 떨 것 없다. 네놈한테는 절대 오지 않을 테니까. 두 번째는 이미 제복을 입은 뒤에 찾은 오프렌다의 미사였다. 성당 안을 가득 채운 사람들의 입에서 쉴 새 없이 라틴어 경구들이 흘러나오고 있었는데, 그가 넋을 잃고 좇았던 것은 그들의 기도가 아니라 제단 앞에 놓인 거대한 향로(세상에서 가장 크다는 향로 '보타푸메이로'를 말한다. 많은 신도들이 성당에서 기거하고 숙식을 하는 바람에 나는 냄새를 제거하기 위해 설치했다.— 옮긴이)였다. 그의 눈에는 제단을 휘감는 향이 마치 기이한 이야기를 뿜어내는 것처럼 보였던 것이다.

화가는 흡족한 표정으로 자신이 뭉툭한 붉은 연필로 그린 포르티코 델라 글로리아를 펼쳤다. 그 그림에 등장하는 인물들은 팔코나 교도소에 수감된 동료들이었다. 카살 씨, 당신은 율법이 적힌 석판을 들고 있는 모세랍니다. 카살은 콤포스텔라 시장이었다. 그리고 파신 씨, 당신은 독수리 위에 발을 올려놓고 있는 세례자 요한이고요. 그는 철도 노조 조합원이었다. 그리고 마르티네스 중위님, 당신은 사도 바울입니다. 헌병대 출신인 그는 공화국 시의원이었다. 아울러 그림 노트에는 페레이로 데 사스와 곤살레스 데 세수레스라는 늙은 수감자 두 명도 등장했는데, 화가는 그들에게 묵시록의 오케스트라에서 중앙 상단에 앉아서 오르가니스트럼(허디-거디 혹은 드렐라이어로 불리는 중세의 악기.—옮긴이)을 무릎 위에 올려놓은 노인들이 바로 그들이라고, 또한 가장 나이가 어리고 순박한 돔보단에게는 트럼펫을 불고 있는 천사라고 말했다. 화가가 포르티코 델라 글로리아의 반석에는 맹금류의 주둥이와 발톱 달린 괴물들이 살고 있다고 설명하자 수감자들은 입을 다물었다. 잠시 침묵이 흘렀다. 그들은 그것이 에르발을 지칭하는 것을 알고 있었다. 그들을 지켜보던 에르발의 눈길 역시 그들이 주시하는 실루엣에 고정되어 있었다. 마지막으로 화가는 포르티코 델라 글로리아에서 유일하게 후안무치한 미소를 짓고 있는, 전문가들 사이에서 예술에 대한 경이로움과 수수께끼를 지닌 인물로 여겨지는 예언자 다니엘을 가리켰다. 다 바르카 박사, 당신이 바로 다니엘이오.

6

화가는 콘소의 정신병원을 찾았다. 그날 그는 정신병원에 수용된 환자들의 얼굴에 나타나는 심리적인 고통을, 그것이 정신적 질환이 아니라 심연의 매혹에 빠져든 고통이란 것을 묘사하고 싶었다. 평소 그는 환자들에 대한 배타적 반응이 마음의 병에 있다고, 환자들 앞에서 느끼는 두려움이 동정보다 앞선 것이며, 어떤 때는 그런 반응조차 생기지 않는다고 생각했다. 또한 그는 정신병이 평범한 사람들 모두가 앓을 수 있는 일반적인 질환이라는 것을, 아무렇게나 돌아다니다가 적절한 대상을 만나 자리 잡는 질환이라는 것을 본능적으로 알고 있는지도 모른다고, 그래서 다들 정신병 환자를 눈에 띄지 않게 감추려 한다고 생각했다. 실제로 화가는 어릴 때 그의 이웃집이, 그 집의 방

하나가 항상 꼭꼭 잠겨 있었다는 사실을 잊을 수 없었다. 하루는 그 방에서 흘러나오는 신음 소리를 듣고 거기 누가 있느냐고 물었지만, 여주인은 그 방에는 아무도 없다고 얼버무렸다.

화가는 인간의 눈에 띄지 않는 존재들이 겪고 있을 마음의 상흔을 그리고 싶었다.

정신병원의 배경은 전율 그 자체였다. 느닷없이 위협을 가하며 달려드는 환자들 때문이 아니었다. 그런 환자들도 몇몇 있었지만, 그래봤자 보통 사람이면 얼마든지 받아들일 수 있는, 화가의 눈에는 오히려 반가움을 나타내고 싶어하는 몸부림으로 보였다. 정작 화가가 경악한 것은 아무것도 주시하지 않는 그들의 눈이었다. 시선은 주변의 움직임에 전혀 무관심하고 공허했다.

화가는 막연한 두려움을 떨쳐내며 손끝에 신경을 집중했다. 그의 손이 불안과 섬망과 환각의 선을 좇기 시작했다. 벽과 벽 사이에서 어지럽게 움직이고 있었다. 얼마나 흘렀을까? 문득 그는 무엇인가를, 어떤 약속을 떠올린 사람처럼 시계를 들여다보았다. 병원을 나서야 할 시간이 지난 뒤였다. 이미 어둠이 내리고 있었다. 그는 다급하게 노트를 챙겨 출구로 향했다. 대문에는 커다란 자물통이 채워져 있었다. 아무도 없었다. 화가는 사람을 찾았다. 처음에는 말없이 눈으로, 그러다가 입으로 수위를 찾았다. 종소리가 들려왔다. 오후 아홉 시를 알리는 성당의 종소리였다. 기껏 30분 더 지체했을 뿐인데, 설마 수위가 자신이 여기 있다는 사실을 잊지 않았을 거라고 생각했다. 고개를 돌려 주위를 살펴보았다. 정원 한쪽에서 누군가가 회양목을 껴안고 있었다. 다급한 와중에도 수령이 적어도 200년은 되었을 나무를 껴안는다는 것은 나름대로 확신에 찬 행동이라는 생각이 스쳤다.

시간이 흘러가고 있었다. 화가는 조바심을 참지 못하고 고함을 질렀다. 그런 그를 회양목을 껴안고 있는 환자가 동정 어린 시선으로 지켜보았다.

그때였다. 가운 차림의 청년이 씩 웃으며 나타나더니 무슨 일이냐고 물었다. 화가는 환자들의 동정을 스케치하려고 허락을 받고 들어왔는데, 자기도 모르게 시간이 지나버린 걸 잊고 있었다고 대답했다. 그러자 하얀 가운을 걸친 청년이 심각한 표정으로 입을 열었다. 똑같은 일을 당했군요.

이어 이렇게 덧붙였다. 나는 2년째 여기 갇혀 있습니다.

화가는 청년의 눈을 똑바로 쳐다보았다. 거친 들판에서 외로운 늑대와 함께 다니는 백설왕자로 보였다.

하지만 난 미친 사람이 아니오!

나도 그렇게 말했답니다. 청년은 그렇게 말하고 씩 웃더니 이렇게 털어놓았다. 농담입니다. 전 의사입니다. 안심하세요. 이제 여길 나갑시다.

화가와 다 바르카 의사와의 만남은 그렇게 이루어졌다. 첫 만남, 두 사람의 위대한 우정의 서곡이었다.

그사이 간수 에르발이 어둠 속에서 의사를 지켜보고 있었다. 늘 그랬듯이.

나 역시 다 바르카 의사를 잘 알고 있었지. 고백하듯 에르발이 마리아에게 나지막이 말한다. 아주 잘 알고 있었어. 반대로 의사는 내가 자기를 얼마나 잘 알고 있는지 상상조차 못했을 거야. 그 긴 세월, 나는 그의 그림자였어. 사냥개처럼 뒤를 캐고 다녔지. 내 표적이었거든.

1936년 2월 총선은 인민전선의 승리로 돌아갔다.

란데사 중사는 비밀리에 수하들을 소집했다. 그가 맨 먼저 지금 이 회의는 열리지도 않았고, 서로 만난 적도 없다는 것을 명심하라고 강조했다. 지금부터 내 말을 머릿속에 각인시켜. 아울러 여기서 나온 얘기를 절대 언급해선 안 된다는 것도 잊지 말도록. 다시 말하지만, 이 모임에는 지시도 없고, 명령도 없고, 상관도 없다. 아무도, 아무것도 없고, 오로지 나만 존재하는 거야. 나는 곧 성령이야. 나는 겁쟁이를 좋아하지 않아. 이제부터 너희는 그림자다. 그림자는 똥을 싸지 않고, 싸더라도 갈매기처럼 하얀 똥을 싸야 한다. 내가 원하는 건 딱 하나, 이제부터 각자가 쓰게 될 소설이다. 난 모든 것을 알고 싶다. 하나도 빠짐없이.

이어 란데사는 공인이든 일반인이든 그들이 주시해야 할 요시찰 대상의 명단을 펼쳤다. 간수 에르발은 혓바닥에 바늘이 돋는 기분이 들었다. 명단 중 한 명이 다 바르카 의사였던 것이다. 중사님, 그자는 제가 맡겠습니다. 제가 그자의 행적을 좇고 있습니다. 헌데 그 의사는 자네를 알고 있을 텐데? 아닙니다. 그자는 제가 존재하는 것조차 모르고 있습니다.

절대 사적인 일이 아니라는 점을 명심하도록. 내가 필요한 건 정보야.

중사님, 사적인 의도는 전혀 없습니다. 에르발은 중사를 속였다. 저는 그자의 눈에 띄지 않을 겁니다. 문학 수업을 받은 적은 없지만, 그자에 대한 소설 한 편을 반드시 제출하겠습니다.

그자는 유능한 설교자로 알고 있는데…….

중사님, 그자는 도화선 같은 인물입니다.

그렇다면 추진하도록.

결코 없었어야 했던 그날의 모임에서 에르발은, 나중에 고기 내장을 씻는 우물가에서 떠돌게 될 화가에 대한 소문을 들었다. 그 환쟁이 놈은 별 볼일 없는 그림쟁이가 아니다. 마지막으로 란데사 중사가 화가를 감시할 요원에게 말했다. 그놈은 사상을 그리는 놈이라고. 툼보나 집에 빌붙어 산다더군. 순간 에르발만 빼고 모두가 웃었다. 에르발은 웃는 이유도 몰랐고, 웃는 이유를 묻지도 않았다. 화가에 대한 이야기는 나중에 화가를 통해 직접 듣게 될 터였다. 툼보나는 나이 어린 여자아이들을 상대로 매춘을, 몸 위에서 요동치는 남자의 몸으로부터 어떻게 하면 최단 시간에 벗어날 수 있는가를, 고객으로부터 어떻게 하면 보다 많은 화대를 받을 수 있는가를 가르치는 퇴물 창녀였다. 나중에 화가에게 간간이 들은 이야기에 따르면 사람들은 때때로 화가의 집 대문을 두드리곤 했다. 어떤 때는 부모들이 어린 딸을 데리고 와서 툼보나를 찾더군. 그때마다 우리 집사람은 입술을 깨물며 당신들이 찾는 툼보나는 없다고 대답하고선 훌쩍훌쩍 우는 거야. 어린 계집애들이 불쌍해서 그랬던 거지. 아무튼 우리 집사람 얘기가 맞았어. 그들이 찾는 툼보나는 실제로 우리 집에서 아주 가까운 폼발 거리에 살고 있었거든.

그날 비밀 모임이 있고 나서 넉 달 뒤인 6월 말, 에르발이 다 바르카 의사에 대한 정보를 란데사 중사에게 제출했다. 중사는 에르발의 보고를 쓸 만한 정보로 평가했다.

이거 진짜 한 편의 소설 같군. 파일에는 알아먹기 힘든 글씨로 쓴 기록물이 뭉텅이로 들어 있었다. 종이마다 잉크가 번지고 흡습지를 찍은 흔적이 마치 난봉꾼들이 서로 엉겨 붙어 누군가가 지쳐 쓰러질 때까지 싸움판을 벌인 것 같았다. 청색 잉크만 아니었으면 작성자의 이마에서 떨어진 핏방울로 연상될 정도였고, 한 문장에 들어 있는 글자들이 그리고 그 글자를 형성하는 획들이 폭풍에 기우뚱거리는 배의 깃발에 적힌 상형문자 같았다.

문서를 무심코 읽어나가던 란데사 중사가 입을 열었다. 여긴 대체 뭐라고 쓴 거야? 시신의 '자치'에 대한 강의라! 그러더니 비꼬는 투로 언성을 높였다. 자치라니, 이봐, 에르발. 이건 '자치(autonomía)'가 아니라 '해부(anatomía)'잖아.

제가 글을 잘 모른다고 이미 말씀드렸을 텐데요. 에르발은 물러서지 않았다.

'죽음의 고통에 대한 강의. 박수.' 이건 또 뭐야?

중사님, 그건 어떤 학장의 강의였습니다. 다 바르카의 은사라는 자인데, 테이블 위에 눕더니 망자들이 죽기 전에 어떻게 숨을 쉬는지, 몸소 시범을 보이더군요. 두 번이나 말입니다. 임종을 맞이한 사람들한테 평온하게 죽어가도록 도와주는 각성제 얘기도 했고요. 그 의사는 인간의 몸이 무척이나 현명하다면서 연극에서처럼 그대로 죽었습니다. 그러자 박수가 터져 나오더군요.

한번 가 봐야겠군. 상사가 빈정거리는 말투로 내뱉더니 기이한 표정을 지으며 물었다. 여긴 또 뭐라고 쓴 거야? 그러면서 힘들게 그 내용을 읽었다. 다 바르카 의사. 미녀, 미녀……, 육체 미녀(belleza física)라니?

제가 좀 보겠습니다. 에르발이 중사에게 바짝 다가서서 어깨너머로 자기가 쓴 보고서 내용을 내려다보았다. 그의 목소리가 떨렸다. 중사님, 그게 그러니까, 육체 미녀가 아니고, 폐병 걸린 미녀(belleza tísica)란 뜻입니다.

그건 그자가, 그러니까 다 바르카가 학생들 앞에서 자선병원 환자인 어떤 계집애와 나눈 대화입니다. 먼저 질문부터 하더군요. 이름이 뭐고, 출신이 어디냐고. 그 환자가 이름은 루신다, 출신은 발데마르라고 대답하자 의사가 정말로 예쁜 이름이라고, 정말로 아름다운 곳이라면서 환자의 손목을 잡고 눈을 쳐다보더니 학생들에게 그러더군요. 눈은 뇌의 창이라고. 그러면서 손가락으로 여기저기를 눌렀습니다.

그 대목에서 에르발은 잠시 말을 끊었다. 그의 눈이 초점을 잃고 있었다. 그의 마음을 어지럽히던, 동시에 경이로운 눈길로 쳐다보게 만들던 장면이 떠오르고 있었다. 속살이 비치는 슈미즈 차림의 소녀. 창가에 서서 빗질을 하던, 어디선가 본 것 같은 소녀. 왼손 손가락 두 개로 소녀의 우측 가슴을 톡톡 두드리는 의사. 팔꿈치를 움직이지 말아요. 자, 맑은 소리를 내봐요. 이렇게. 마테. 마테. 으으으음……. 자, 이번에는 마테 소리를 내지 말고, 소리를 울리지도 말아요. 이어 의사는 귀에 꽂은 청진기를 갖다 대고 똑같은 방식을 반복했다. 자, 허파에서 나오는 소리를 내봐요. 음……. 좋아요. 됐어요. 루신다, 이제 됐어요. 옷을 입어도 좋아요. 으스스하게 추운 날씨였다. 이제 곧 좋아질 거야. 환자가 나가자 의사가 학생들에게 이렇게 말했다. 낡은 냄비에서 김이 새는 소리가 나고 있군. 하지만 그것만으로도 충분해. 창백하고 여윈, 살짝 홍조를 띤 얼굴. 냉기가 감도는 강의실에서 흘리는 식은땀. 눈빛에 담긴 우울함. 폐병 걸린 미녀…….

박사님, 폐결핵이군요! 맨 앞줄에 앉아 있던 학생이 소리쳤다.

바로 그거야. 의사는 씁쓸한 여운을 남기는 음성으로 이렇게 덧붙였다. 코흐(결핵균을 발견한 독일의 노벨상 수상자.—옮긴이)의 탄저균이 붉은 정원에 구근 덩어리를 심은 거지.

순간 에르발은 자신의 가슴에 차가운 청진기를 대고 있는 것 같았다. 그의 내부에서 어떤 목소리가 이렇게 외치고 있었다. 낡은 냄비에서 김이 새는 소리가 나고 있군!

폐병 걸린 미녀. 중사님, 그 말이 신경을 쓰게 만들더군요. 그래서 적었던 겁니다.

자네가 학교까지 갔던 건 경거망동한 행동이 아니었나?

저는 수업 참관을 온 포르투갈 학생들 틈에 끼어 있었습니다. 그자가 뭘 가르치는지를 알고 싶었거든요.

중사는 문서를 다 읽을 때까지 고개를 들지 않았다. 마치 그 내용에 홀린 것처럼 문서에서 눈을 떼지 않더니 잠시 뒤 혼잣말처럼 중얼거렸다. 그러니까 이 의사나부랭이는 쿠바에서 굴러들어왔다, 이 말이지? 그렇습니다, 중사님. 그자는 이주민 출신입니다. 옷차림이 고상하군. 안 그래? 말쑥하잖아. 하지만 양복 한 벌에 셔츠는 두 개뿐입니다. 외투를 입거나 모자를 쓰고 다닌 적도 없고요. 이제 겨우 스물여섯 살이란 말이야? 외모는 더 들어 보입니다. 가끔은 수염도 기르고요. 여기, 외팔이들이 잘려나간 팔을 주먹처럼 들어 올린다고 적힌 것으로 봐선 그자의 언변이 대단한가 보군. 물론입니다, 여느 신부보다 훨씬 낫습니다. 그건 그렇고, 자네는 마리사 마요라는 아가씨한테 관심이 많나 보군. 에르발은 즉답을 피했다.

좋은 처자이거나, 그 반대겠지?

예쁘게 생기긴 했습니다. 하지만 다른 건 볼 것도 없습니다.

다른 거라니?

의사와 관계된 거 말입니다, 중사님.

란데사 중사의 눈길이 에르발이 파일에 첨부한 기사 조각으로 옮겨갔다. '영혼의 실체와 지적 현실', '찰스 디킨스 시대의 아동용 관(棺)들', '밀레의 그림, 빨래하는 아낙네의 손과 여성의 불가시성', '단테의 지옥과 광녀(狂女) 케이트, 그리고 콘소의 정신병원', '국가의 문제와 기본적인 신뢰, 로살리아 데 카스트로(갈리시아 지방 출신의 천재 여류시인으로, 19세기 에스파냐 근대시의 초석을 다졌다.—옮긴이)의 시 '손에 의한 정의(正義).' '풍경의 엔그램(외부의 자극으로 생성된다고 가정하는 생화학적 변화. 기억은 이러한 생화학적 변화로 생겨나는 것으로 설명된다.—옮긴이)과 울적함에 대한 감성.' '다가오는 공포. 유전생물학, 건강에 대한 욕망과 분별력 있는 삶의 개념.' 중사의 시선이 모든 기사 조각에 찍힌 동일한 서명에 고정되었다. 바르코브스키(다 바르카의 본래 성姓을 풀어 쓴 이름) 의사.

그러니까 그자가 바로 바르코브스키란 말이야? 보아하니 안 들어간 데가 없군. 시립자선병원 의사. 의과대학 조수. 게다가 팸플릿 제작자에, 강연가에 모임 주선자. 병원과 공화파 본부를 수시로 들락거리고, 그래도 시간이 남아 프린시팔 극장에서 애인과 함께 영화를 보는군. 벽보 제작자이자 갈리시아 지방 분리주의자인 화가와도 아주 가까운 사이이고, 공화파들, 무정부주의자들, 사회주의자들, 공산주의자들까지 함께하다니, 대체 이놈의 정체는 뭐야!

중사님, 제 생각입니다만, 거의 모든 자들과 연관이 되어 있습니다.

요즘 무정부주의자들과 공산주의자들이 무슨 일을 꾸미는 중이더군. 요전에 코루냐의 담배공장에서 한바탕 큰 소동을 벌일 뻔했지. 다 바르카라는 놈, 수상해도 아주 수상해!

보아하니 제멋대로입니다. 연락책 같기도 하고.

아무튼 한눈팔지 말고 잘 지키도록. 요주의 인물이라고 했잖아!

거기, 파일에는 한 인간에 대해 꼭 알아야 할 모든 것이 유용하면서도 믿을 만한 기술자의 눈썰미에다 어설픈 묘사로 낱낱이 기록되어 있었다. 다 바르카의 만남들, 그가 움직이는 일상의 행적들, 그가 읽는 신문들, 그가 피우는 담배 상표까지……

에르발은 다 바르카 의사에 대해 훤했다. 의사는 상상조차 할 수 없는 일이었지만. 에르발은 오래전부터 의사 뒤를 밟아 왔는데, 그것은 누가 시킨 것이 아니라 마음속에서 나온 것이었다. 그는 사냥개처럼 의사의 뒤를 따라다니며 냄새를 맡았다. 그는 다 바르카를 증오했다. 다 바르카는 의과대학을 졸업한 지 얼마 되지 않았지만 재능이 출중하다는 평가를 받았고 혁명가만큼이나 평판이 자자했다. 이주민 가정 출신답게 대중 집회에서 쿠바 억양이 섞인 갈리시아어로, 도화선처럼 폭발력 있는 언변으로 설교를 했는데, 그때마다 손발이 부자연스러운 사람들이며 팔이 없는 불구자들까지 자리에서 벌떡 일어나 팔과 주먹을 들어올렸다. 다 바르카는 그런 그들 앞에서 악의 기운에 대항한 싸움을 벌여야 한다고 역설했다.

많은 이들이 위정자들의 교조를 납득하지 못했지만, 다 바르카가 암시하는 악의 기운만큼은 이해하고 있었다. 에르발도 마찬가지였다. 그 역시 어려서 악의 기운에 사로잡힌 적이 있었다. 안색이 시퍼렇게, 마치 수련처럼 푸르뎅뎅해지고, 키가 옆으로만 자라면서 걸음걸이가 오리처럼 변했다. 에르발의 부모는 어린 자식을 데리고 돌팔이들을 찾아다녔는데, 한 돌팔이가 담배를 삶은 물에 푹 담그라고 조언했다. 어린 나이였지만, 그는 그때까지 살아온 행적을 통해 아버지란 인물은 정말로 어린 아들을 물에 담글 것이라는 사실을 눈치 챘다. 필사적으로 몸을 비틀며 아버지의 손을 깨물었지만, 그럴수록 화만 돋우고 말았다.

대체 이 새끼는 어디서 기어 나온 거야! 그는 자식에게 저주를 퍼부으며 끝내 물통 속에 밀어 넣고 말았다. 더 이상 반항을 못할 때까지 한참을.

물 밖으로 나와서 보니 내 몸이 온통 담배 색으로 물들어 있더군. 아무튼 그때부터 키가 자라기 시작한 거야. 마리아, 지금 네가 보고 있는 것처럼 이렇게.

그랬다. 에르발은 다 바르카가 인민전선 집회에서 역설하는 의미를 누구보다 잘 이해하고 있었다. 에르발은 현역으로 입대했다. 고향인 시골 마을을 벗어난 것은 사실상 그때가 처음이었다. 그에게 군대는 휴식처였다. 하지만 짬짬이 외출을 나올 때를 제외하면 휴가는 부모가 있는 고향에서 보냈다. 프랑코 장군 휘하의 부대에 배치되었던 그는, 1934년 아스투리아스 지방의 광부들이 일으킨 반란에 맞서 진압에 나섰다. 반란과 진압은 당시 세간의 입을 자연스럽게 오르내리던 어휘였다. 죽은 남편 앞에 무릎을 꿇은 한 아낙네가 핏발 선 눈으로 그를 노려보며 소리쳤다. 이봐요, 군인 아저씨, 당신도 국민이야! 그래. 그는 마음속으로 대답했다. 그렇다고. 나도 빌어먹을 국민이고, 빌어먹을 가난뱅이라고. 국민이니까 군인들한테 봉급을 지급하잖아. 그는 그 길로 경비대에 투신했다.

다 바르카 의사의 말은 틀린 것이 없었다. 온 세상에 나쁜 기운이 도래하고 있었다. 에르발은 다 바르카 의사를 체포했던 경비대의 일원이자, 개머리판으로 의사의 목덜미를 내리친 장본인이었다. 다니엘 다 바르카. 그는 키가 크고, 가슴이 떡 벌어져 있었다. 신체의 모든 부위가 돌출되어 체구가 건장했다. 이마가 튀어나오고, 유대인 코에 입술 또한 두툼했다. 어떤 상황을 설명할 때면 양팔을 날개처럼, 마치 말 못하는 벙어리를 설득하듯 손가락까지 활짝 펼쳤다.

반란이 일어났을 때 다 바르카는 일단 몸을 피했다. 상황이 진정될 때까지는, 사냥이 뜸해질 때까지는 기다려야 했다. 그사이 의사의 모친 집을 포위하고 있던 사냥꾼들 다섯 명이 한꺼번에 덮쳤다. 에르발의 눈에는 완강하게 저항하는 의사가 야생 짐승처럼 보였다. 의사의 모친이 창문으로 미친 듯이 괴성을 질러댔지만, 정작 사냥꾼들을 혼줄 내준 이들은 맞은편에 있는 양재점의 여자들이었다. 여자 양재사들은 그들을 향해 욕을 퍼붓고, 침을 뱉고, 몇몇은 달려들어 그들의 목에 매달렸다. 다 바르카는 눈과 코와 귀로 피를 흘렸지만 굴복하지 않았다. 에르발이 개머리판으로 그의 머리를 사정없이 내리칠 때까지, 그 충격으로 꼬꾸라질 때까지.

나는 다 바르카, 그자를 제압한 다음 총구를 돌려 여자 양재사들의 복부를 겨눴지. 란데사 중사가 말리지 않았으면, 내가 무슨 짓을 저질렀을지 나도 몰라. 드르륵, 방아쇠

60

를 잡아당겨버렸을지도. 그 계집들이, 미친 과부들처럼 의사를 구하려는 몸부림이 꼭지를 돌게 만들더라고. 의사의 모친은 그렇다고 쳐도 계집들이 그러는 것까지는 도저히 참을 수가 없었거든. 나는 가뜩이나 내 속을 긁어대고 있던 것을 입 밖으로 미친 듯이 토해냈어. 네년들한테 이 기생오라비 같은 놈이 뭔데? 네년들한테 뭘 해주는데? 창녀들! 네년들은 전부가 창녀라고! 란데사 중사가 나를 무마할 때까지. 이봐, 에르발, 그만해. 우린 아직 할 일이 많아.

7

다 바르카 의사에게는 아름다운 애인이 있었다. 마리사마요. 그녀는 에르발이 세상에서 본, 나아가 그가 볼 수 없는 세상에서 가장 아름다운 여인이었다. 가난한 소작농의 아들인 에르발의 시골집에는 아름다운 게 없었다. 에르발은 고향의 향수조차 남아 있지 않는, 퍼런 연기와 파리들만 가득했던 집을 떠올렸다. 그의 기억은 세월을 흐르는 도관 속에서 퇴비로, 탄화물로 썩어가고 있었다. 그가 기억하는 모든 것은 거무스름하게 물들어가는 황색이었다. 사방의 벽도, 돼지 비곗살 같은 고색창연함도 거무스름한 황색을 띠었다. 푸른 들판까지 거무스름한 황색으로 보였다. 그의 시골집에서 변하지 않는 게 있다면, 그의 눈에 보석처럼 빛나는 게 있다면 딱 두 가지, 하나는 푸른 눈동자에 금발인, 그러나 감기를 달고 살아 콧물을 훌쩍이는 어린 여동생 베아트리스였고, 다른 하나는 어머니가 사용하던 낡은 마르멜로 양철상자였다. 양철상자 속에는 어머니가 아끼던 흑옥 목걸이와 로사리오 염주, 초콜릿처럼 말랑말랑한 베네수엘라산 금메달, 친정아버지가 물려준 알폰소 12세의 은화, 은으로 도금한 머리핀 몇 개, 아스피린 두 알, 손바닥 위에 올려놓으면 흡사 쥐가 갉아먹은 라이보리 알갱이처럼 생긴 그의 첫니를 담아 놓은 조그만 유리병이 들어 있었다.

에르발이 가장 좋아하는 것은 첫니가 아니라, 가장자리가 녹이 슨 예쁜 양철상자였다. 아니, 상자 뚜껑에 도색된 아가씨, 머리에 핀을 꽂고 하얀 꽃무늬 소매 섶이 달린 붉은 옷을 입고 있는 아가씨였다. 마리사 마요를 처음 보는 순간, 그는 장터를 구경하려고 양철상자를 빠져 나온 아가씨를 상상했다. 그날 에르발의 가족은 돼지와 햇감자를 팔러 읍내로 나왔다. 읍내까지 걸어가는 오솔길은 온통 진흙탕이었다. 펠트 모자를 쓴 아버지는 어린 딸을 팔에 안고 앞장을 섰고, 무거운 감자 광주리를 머리에 인 어머니는 맨 뒤쪽에서, 어린 그는 중간에서 다리에 줄을 매단 돼지를 끌고 갔다. 그러나 재수가 없었다. 도중에 진흙 구덩이에 코를 쑤셔 박으려고 난리를 피워대던 짐승이 장터에 들어섰을 때는 거대한 두더지로 변해 있었다. 이 멍청한 녀석아! 아버지는 손바닥으로 사정없이 아들의 뺨을 때렸다. 이런 돼지를 누구한테 판단 말이냐! 어린 아들은 지푸라기를 모아 짐승의 몸에 떡칠이 된 진흙을 닦았다. 그리고 고개를 들다가 그녀를 보았다. 마리사 마요. 또래들 틈에서 공주처럼 빛났다. 나머지 여자아이들은 공주를 에워싼 들러리 같았다. 어린 그의 눈길은 나비 떼처럼 떼를 지어 돌아다니는 여자아이들을 좇고 있었다. 어린 자식을 원망하는 아버지의 욕설은 귀에 들리지 않았다. 막대기가 어린 양으로 변하는 꿈을, 예쁜 여자아이가 다가오는 꿈을, 예쁜 손으로 양털을 가지런히 빗어 넘기는 꿈을 꾸고 있었다. 돼지가 아니라 네놈을 파는 게 차라리 낫겠다. 그사이에도 아버지의 저주는 계속되고 있었다. 데려가겠다는 사람만 나타나면 오늘 네놈을 내 기어코 팔아넘기고 말 거야!

부친이란 작자는 그런 양반이었어. 일단 욕을 퍼붓기 시작하면 끝이 없는 거야. 그 욕설로 당신 발밑에 똥구덩이를 팔 정도였으니까. 그럴 때면 난 꼭 그렇게 되기를, 제발 이지, 나를 사 갈 사람이 나타나달라고, 그래서 내 손발을 묶고 짐승처럼 끌고가라고 빌고 또 빌었지.

그날 에르발의 가족은 돼지도, 햇감자도 다 팔았다. 덕분에 그의 어머니는 뚜껑에 마리사 마요를 닮은 여자가 도색된 기름통을 살 수 있었다. 그 뒤에도 그의 가족은 장날이면 프론테이라로 나갔다. 어린 그는 아버지의 기분을 더 이상 신경 쓰지 않았다. 매달 첫 날에 서는 장은 거창한 축제였다. 어린 그는 암소들에게 풀을 먹이면서 장날이 돌아오길 기다리고 또 기다렸다. 장이 설 때마다 그는 차츰 여자로 변모하는 마리사 마요를 두 눈으로 똑똑히 지켜보았다. 마리사 마요. 그녀는 그 지방 유지의 딸이었다. 프론테이라 교구 사제의 여동생이자 공증인의 딸이자 시장의 양녀였다. 아니, 무엇보다도 돈 베니토 마요의 손녀였다. 하지만 에르발은 예쁜 손으로 털을 가지런히 빗어주는 마리사를, 마리사의 모습을 가까이서 지켜볼 수 있게 해줄 양은 한 번도 키워보지 못했다.

8

무장 경비대는 화가를 끌어내 '산책'을 한 다음 자동차로 귀대했다. 남아 있던 대원들이 코냑을 병째 돌려가며 독한 술을 마시는 동안 에르발은 머리가 깨지는 듯한 통증을 느꼈다. 그런 경험은 처음이었다. 마치 머릿속으로 누군가가 들어온 것 같았다. 술을 마시며 왁자지껄 떠들어대던 동료들이 그의 어깨를 툭툭 쳤다. 이봐, 마셔! 젠장, 어서 마시라니까! 그는 술을 안 마신다고 대답했다. 이봐, 에르발, 언제부터 안 마신 거야? 그는 진지한 표정으로 술을 마신 적이 없다고 대답했다. 난 알코올이 안 맞아. 하지만 항상 취해 있잖아! 가만 놔둬. 그날 산책을 이끌었던 지휘자가 달아오르는 분위기를 추슬렀다. 술이 달갑지 않는 밤인가 보군. 목소리까지 바뀐 게.

에르발은 더 이상 말이 없었다. 총성을 들었을 때 이미 맥이 풀려버렸다. 아까부터 그는 쭉 뻗은 길 어귀에서 목수의 연필로 포르티코 델라 글로리아를 그리고 있었다. 도저히 믿기지 않는 손놀림이었다. 한 번도 사용한 적이 없는 언어로 그것들을 묘사할 수 있었다. '열정'의 악기들을 연주하는 문지기 천사들과 그들의 아름다움이 느껴지나? 그건 고통스러운 아름다움이라고. 그때였다. 머릿속에서 누군가가 그렇게 말한 것은. '하느님 아들'의 부당한 죽음을 보고 느낀 우울함을 나타낸 게지. 에르발이 예언자 다니엘을 그리고 있는데, 돌 끝에서 다니엘의 흐뭇한 미소가 흘러나왔다. 다니엘의 시선을 좇던 그는 이내 그 미소의 의미를 깨달았다. 그랬다. 햇볕이 내리쬐는 오브라도이로 광장 쪽으로 마리사 마요가 걸어오고 있었다. 하얀 천으로 덮은 광주리를 손에 들고.

에르발, 어제 일은 어찌 된 거야? 교도소장이 어두운 표정으로 물었다.

그리스도 교도라서 마음이 편치 않았습니다, 소장님.

에르발은 간밤에 자신을 의아하게 바라보며 목소리까지 바뀌었다고 지적한 교도소장과의 대화를 떠올렸다. 앞으로는 입을 다무는 게 나을 거야. 누가 말을 걸면 그렇습니다 혹은 아닙니다, 이렇게 단답형으로 받도록.

마리사 마요가 인사를 건네며 들어섰다. 에르발은 헛기침 소리를 내며 심드렁한 표정을 지었다. 검열을 할 테니 광주리를 거기 놔두라는 의미였다. 하얀 천을 걷어냈다. 광주리에는 양배추로 감싼 치즈가 들어 있었지만 그의 눈은 내용물을 놓치지 않았다. 권총 손잡이군. 다음 날, 마리사가 다시 광주리를 들고 왔다. 에르발은 카스텔라 속에 든 약실을 보고서도 모른 척하면서 표정으로 말했다. 음식을 전해 주겠소. 세 번째 날도 마찬가지였다. 마리사가 가져온 빵 속에는 그가 예상한 총신이 들어 있었다. 네 번째 날, 새로운 것을 기다리던 에르발은 마리사가 한 번도 경험해본 적 없을 눈길로 그녀를 똑바로 응시했다. 광주리를 열어 보이라는 지시였다. 송어를 몇 마리 가져온 것뿐이에요. 그녀가 말했다. 그러나 그의 눈은 송어의 내장에 숨겨진 실탄을 놓치지 않았다. 한 마리에 한 발씩이군. 그는 이번에도 모른 척했다. 전해줄 테니 그만 돌아가시오.

에르발은 마리사 마요의 눈을 애써 피했다. 똑바로 쳐다본 적이 한 번도 없었다. 그날도 고개를 웅크린 채 그녀의 손목을 훔쳐보았다. 괴로웠다. 떠도는 소문이 사실이었다. 그녀의 친지들이, 프론테이라의 유지들이 갖은 방법을 동원해서 다 바르카와의 교제를 끊으라고 강요하자 마리사는 손목을 자해했다. 뼈와 가죽만 남았더군. 손목에다 의료용 붕대를 팔찌처럼 감고 다닌대. 다 바르카를 위해 목숨을 내놓은 모양이야. 이미 마음의 준비가 다 되어 있다는 거지. 에르발은 간수실로 가서 그녀가 가져온 실탄을 구경이 다른 실탄으로 바꾸었다. 그날 밤, 권총을 조립하고 실탄을 장전하던 다 바르카 의사는 탈주 계획이 실패로 돌아간 것을 깨달았다. 그는 무용지물이 된 무기를 남의 눈을 피해 미리 옮겨 두었던 반석 밑에 감추었다.

그로부터 며칠 후, 다 바르카 의사를 산책 시킬 무장대가 나타났다. 전부터 의사를 잘 알고 있던, 그래서 그를 데려가려 싶어 했던 프론테이라에서 차출된 자들이었다. 그들 중에는 학업에 실패한 의학도도 끼어 있었다. 그러나 에르발은 그들이 감방으로 들어가도록 내버려두지 않았다. 아니, 그럴 수가 없었다. 그의 머리에서 어떤 목소리가 말했다. 마치 프롬프터처럼. 의사는 여기 없다고, 오늘 오후에 코루냐로 데려갔다고 해. 에르발이 그대로 말했다. 아, 당신들이 찾고 있는 자는 하필이면 오늘 코루냐로 떠났습니다. 즉결재판에 넘긴다더군요. 내가 뭘 어쩌자고 없는 말을 만들겠소. 그러나 상부의 지시를 받고 온 그들이 순순히 물러서지 않자 손으로 목덜미를 쓰다듬으며 재차 강조했다. 전단지를 뿌리고 공개 처형을 할 거요. 이삼 일 내에 캄포 데 라타에서 사형이 집행될 테니, 다들 이만 돌아가시오. 에스파냐 만세!

에르발이 둘러댄 변명 중에는 분명한 사실도 없지 않았다. 요 며칠 사이에 코루냐 교도소로 이송되는 수감자들이 곱절로 늘어나고 있었다. 그날 밤, 에르발은 교도소장의 집무실로 들어가 이감될 죄수들의 명단이 들어 있는 문서를 찾았다. 익일 날짜로 교사 세 명이 이송될 예정이었다. 그 문서를 잘 보게. 머릿속의 목소리가 말했다. 뭐해? 봤으면 빈 공간에다 교도소장의 펜으로 다 바르카 의사의 성명을 기입하지 않고! 아, 걱정할 건 없어. 교도소장 필체는 내가 도와줄 테니까.

이튿날, 교도소 정문에서 에르발은 손목에 수갑을 찬채 새로운 목적지로 향하는 다 바르카 의사와 마주쳤다. 다 바르카는 의사 시절에 사용하던 가방을 손에 들고 있었다. 그의 유일한 소지품이었다. 에르발은 의사의 준엄한 눈길을 느꼈다. 의사의 눈이 화가를 살해한 네놈을 결코 잊지 않겠다고, 네놈은 반드시 후회라는 바이러스에 감염되어 온몸이 썩어 문드러질 때까지 오래오래 살 거라고 얘기하고 있었다. 에르발은 면회 시간에 찾아온 마리사 마요에게 자세한 설명도 없이 그녀가 찾는 의사는 이제 여기 없다고 냉담하게 말했다. 그가 타임머신을 타고 떠난 사람에 대해 얘기하듯이, 교도소에 그런 사람이 있었느냐고 되묻듯이 딴전을 피우며 말한 이유는 세상에서 가장 아름다운 여자가 슬퍼하는 모습을, 도저히 접근할 수 없는 샘에서 흘러나오는 눈물을 자기 눈으로 똑똑히 지켜보고 싶었기 때문이었다. 그러나 그는 영원 같은 몇 초가 흘러가기 전에, 마치 장인의 혼이 살아 있는 도자기가 바닥에 떨어져 산산조각 나기 직전에 가까스로 도자기를 붙잡은 사람처럼 이렇게 덧붙였다. 코루냐로 갔어요. 물론 살아 있고요.

그날 에르발은 란데사 중사를 찾았다. 중사님, 지극히 사적인 부탁을 드리고 싶습니다. 얘기하게, 에르발. 란데사 중사는 에르발을 각별히 총애했다. 한 번도 어김없이 자신의 지시를 수행하던 충직한 부하였다. 게다가 두 사람은 서로를 잘 알고 있었다. 어렸을 때 함께 금작화 가시를 밟으며 뛰놀던 사이였다. 중사님이 저를 코루냐로 전출시켜 주었으면 합니다. 누이동생이 거기 사는데, 툭하면 손찌검을 해대는 남편 때문에 적당한 방어막을 겸해서 방을 하나 내준다는군요. 알았네. 가거든 나 대신에 그 자식 사지를 부러뜨려 놓으라고. 중사는 문서에 서명을 하고, 자신의 계급보다 더 권위 있는 직인까지 찍어 주었다. 이어 에르발은 부대 내에서 전출을 담당하는 장교를 찾아갔다. 장교는 의심이 많았다. 남의 일을 훼방 놓는 게 자신에게 가장 중요한 임무라고 여기는 부류였다. 아니나 다를까, 에르발이 전출 의사를 밝히자마자 장교는 의자에서 벌떡 일어나 일장연설을 토해냈다. 우리는 지금 무자비한 악에 맞서서 전쟁을 치르는 중이야. 우리의 승리는 그리스도의 구원에 달려 있어. 이 시간에도 수천 사람이 참호에서 목숨을 건 게임을 하고 있다고. 그런데도 우리는 여기서 뭐하고 있지? 이 판국에 전출 수속이나 밟고 있다, 이거야. 이런 겁쟁이 계집애들 같으니. 이건 의지 문제야. 하느님을 위해, 조국을 위해 싸우는 건 자신의 의지 문제라고. 이게 바로 내가 이 사무실 문을 지키고 있는 이유라고. 그러나 에르발이 란데사 중사가 서명한 문서를 내밀자 장교의 얼굴이 창백해졌다. 빌어먹을, 정보요원 출신이라는 사실을 왜 미리 밝히지 않았나? 그러자 그의 머리에서 누군가가 마치 재미있는 장면을 지켜보고 있었다는 듯이 가만히 속삭였다. 죽은 화가였다. 이봐, 자네 임무는 입으로 나불대는 게 아니야 하고 얘기하게. 그러나 에르발은 입을 열지 않았다. 내일 새로운 근무지로 출근하도록. 장교가 덧붙였다. 방금 전에 내가 했던 말은 다 잊어버리라고. 진짜 중요한 전투는 후방을 지키는 우리가 어떻게 하느냐에 달려 있잖아.

9

수백 명의 수감자들이 수용된 코루냐 교도소는 공장보다 더 조직화된 체계하에서 일사분란하게 움직이는 것 같았다. 산책 작업도 마찬가지였다. 무장 경비대는 수감자들을 가까운 해변에 위치한 캄포 데 라타로 데려갔다. 그들의 작업이 진행되는 동안 에르쿨레스 탑의 서치라이트 불빛이 하얀 셔츠를 입은 사형수들을 비추었다. 바다는 텅빈 여물통 앞에서 울어대는 암소처럼 에르미니아 곶에서 산 아마로 해안을 따라 울부짖다가 총성이 들리면 잠시 인간의 고통 앞에서 침묵했다. 그들의 고통이 끝날 때까지.

어둠의 산책자들에게 죽음은 오락거리였다. 그중에서도 그들의 뇌리에 깊이 박힌 것은 죽음이 연장된 사형수를 지켜보는 일이었다. 산책을 하다 보면 공포탄 덕분에 살아남은 자가 생기기도 했는데, 이러한 행운은, 우연히 살아남은 생명은 죽음 전후의 상황을, 사형수의 모습을 드라마틱하게 만들었다. 사형수들은 형이 집행되기 전에는 산책자들이 베풀지도 모르는 일말의 동정심을 기대하면서 발길에 치이는 돌멩이처럼 동요하는 빛이 역력했지만, 살아서 돌아오는 그들의 눈은 죽음에 대한 공포가 어떤 것인지 똑똑히 보여주었던 것이다.

9월 초였다. 고적함이 감도는 저녁 무렵, 감시탑에서 허공을 날아다니는 바다까마귀를 멍하게 바라보던 에르발의 귀에 죽은 자의 목소리가 들렸다. 화가였다. 오늘밤에 가보도록 하게. 에르발은 누가 들을 수도 있다는 우려를 무시한 채 씩씩거렸다. 지랄하지 마. 어이, 에르발. 진짜 혼자 놔둘 건가? 이봐, 화가 양반. 지랄하지 말라고 했잖아. 당신은 그자가 날 어떻게 쳐다보는지 알기나 해? 눈이 마주칠 때마다 눈동자가 주사기에 찔려대는 것 같다고. 마리사가 찾아와서 그자를 보게 되면 무조건 내가 한 짓이라고 생각할 거야. 그 여자는 내가 자기들이 하는 말을 엿듣고 있다고, 자기들을 손가락조차 못 닿게 만들었다고 생각하거든. 의사는 또 어떻고? 그자는 내가 상부의 지시에 따라 움직인다는 걸 모르고 있어! 이봐, 에르발. 그 정도는 모른 척하고 눈을 감아줄 수도 있잖아. 안 그래? 화가 양반, 난 이미 그렇게 해주었어. 둘이 손바닥을 맞닿을 수 있도록 해줬다는 거, 그건 당신도 알고 있잖아.

두 사람은 무슨 말을 했을까요? 마리아가 에르발에게 묻는다. 서로가 손바닥을 맞댔으면 뭐라고 했을 거 아녜요?

엄청 시끄러웠지. 수감자와 면회객이 붐비는 바람에 악을 써도 잘 안 들렸거든. 어쨌든 두 사람은 흔히들 사랑하는 연인들이 나누는 그런 얘기를 주고받았는데, 뭐랄까, 그게 좀 이상하더군.

다 바르카가, 교도소를 나가면 포르토로 갈 거라고, 거기 있는 벨라우 시장에서 세상 사람들이 경이롭다는 색깔의 콩 자루를 살 거라더군.

그러자 마리사는 시간이 들어간 자루를 선물하겠다는 거야. 잃어버린 시간을 판다는 발렌시아의 장돌뱅이를 알고 있다면서.

다시 다 바르카가 그러더군. 딸을 갖게 될 거라고, 자신들의 딸이 시인이 될 거라고.

그러자 마리사가 그러는 거야. 자기는 오래전부터 아들 꿈을 꾸었는데, 자신들의 아들이 배에서 탈출하여 아메리카로 갔고, 거기서 바이올리니스트가 되었다고……

그때 나는 그 둘을 지켜보며 생각했지. 그들은 흘러가는 시간에 얽매여 사는 존재들이 아니라고.

그날 밤 에르발은 매복근무를 자청했다. 산책에 끼어들 생각이었다. 이상했다. 사전에 어떠한 형태의 통고도 없었지만, 수감자들은 달나라에서 일어나는 일을 빤히 지켜보기라도 하듯 자신들이 피를 뿌리는 날을 정확하게 직감하고 있었다. 산책자들 틈에 끼어 있던 에르발은 다 바르카 의사를 냉담하게, 처음 보는 낯선 사람처럼 대했다. 그러나 나중에, 그러니까 바닷가에서 의사에게 총을 겨눌 때 에르발은 덫을 놓던 삼촌을 떠올리며 눈으로 말했다. 친구, 난 이러고 싶지 않아. 사형수들은 이른바 순사(殉死)에 대한 교육을 받았던 터라 쓰레기더미가 산처럼 쌓여 있는 캄포 데 라타에서 의연한 자세를 취했지만 옷자락을 펄럭이게 만드는 바닷바람에 오들오들 떨고 있는 것처럼 보였다. 본격적인 산책 작업이 시작되면서 가장 먼저 첫 발을 쏜 산책자의 방아쇠에서 섬광이 사라질 때까지, 세상이 다시 짧은 여운을 남기며 어둠으로 빠져들 때까지 기다렸다. 산책자들은 마치 바람을 향해 방아쇠를 당기는 것 같았다. 잠시 후 죽은 자들 위로 사나운 북동풍이 불어 닥쳤다.

그사이 다 바르카는 완강하게 버티고 있었다.

이봐, 자네가 데려가지 않고 뭐하고 있어! 화가가 다그쳤다. 어서 가라니까!

이놈은 일단 내가 데려가지! 에르발은 단호하게 말하고

는 죽음의 행렬에서 의사를 거칠게 끌어냈다. 마치 몸부림 치는 비둘기의 날갯죽지를 낚아챈 사냥꾼처럼.

죽음의 산책을 떠났다가 죽기 직전에 살아 돌아온 자들은 다른 수감자들과 별도로 관리되었다. 그들은 사리분별을 잃기도 하고, 걸으면서 넋이 나간 사람처럼 혼잣말을 중얼거렸다. 그로 인해 그들은 산책자들의 눈에 보이지 않는 존재로 변했고, 다시 죽음의 산책을 나설 때까지 잊힌 존재가 되었다.

그러나 다 바르카는 달랐다. 산책자들은 며칠 지나지 않아 다시 그를 찾았다.

일어나, 어서 눈을 뜨라니까! 누군가가 에르발을 깨웠다. 화가였다. 안 돼요, 이번엔 안 된다고요! 에르발이 도리질을 쳤다. 다 끝났어요. 나 좀 가만 놔두라고요. 이봐, 기왕 죽일 거, 한 번에 죽여야지, 이제 와서 나 몰라라 할 거야? 화가가 채근했다. 그렇다고 위험할 것도 없잖아. 위험할 것도 없다고요? 에르발은 여차하면 고함을 지를 기세로 따지고 들었다. 누군 미쳐버릴 지경인데, 당신한테는 이게 아무것도 아닌 걸로 보여요? 그러나 화가가 담담하게 그 말을 받았다. 날씨도 과히 나쁘지 않잖아.

정문을 지키는 간수들이 산책자들에게 길을 터주었다. 산책자들은 딱 한 사람, 에르발을 전율에 떨게 한 사람을 제외하면 전혀 못 보던 자들이었다. 에르발을 경악하게 한 그자는 공식 행사에서 성배를 들어 올리던 성직자 출신으로 청색 셔츠(프랑코 정권의 기반 정당인 팔랑헤당을 상징하는 제복.—옮긴이) 차림에 권총을 허리에 차고 있었다. 그들은 복도를 돌아다니며 목록에 적힌 수감자들을 골라냈다. 다 됐나? 한 명이 빠졌는데, 다니엘 다 바르카라는 자입니다. 순간 음울한 침묵이 감돌았다. 그때 랜턴 불빛이 누군가를 비추었다. 돔보단이었다. 에르발은 그자가 바로 그들이 찾는 다 바르카라고 말했다.

그러나 곧바로 깜깜한 어둠 속에서 단호한 목소리가 흘러나왔다. 누구를 찾고 있습니까?

다니엘 다 바르카!

나요. 당신들이 찾고 있는 사람이 바로 나요.

자, 이제 어쩌라고? 에르발이 어찌할 바를 모르며 물었다. 이런 바보 같은 친구 봤나. 화가가 대답했다. 뭘 어쩌긴, 자네도 저들과 함께 가는 거지.

다니엘 다 바르카의 목소리가 감방 전체를 울리고 있었다. 그들은 의사를 끌어냈다. 이번이 두 번째였다. 수감자들은 피치 못할 숙명의 한계를 받아들일 수밖에 없는, 도무지 끝날 줄 모르는 1936년의 여름 내내 축적된 분노와 절망을 토해내고 있었다. 도랑과 창살과 벽. 혹독한 박해.

인간과 사물들 사이의 피치 못할 공존.

산책자들이 산 아마로 해변 기슭으로 접어들고 있었다. 이놈은 내가 맡지. 에르발이 나섰다. 사적인 일이 있거든.

에르발은 다 바르카를 모래사장으로 끌고 갔다. 복부를 가격해서 무릎을 꿇게 하고 머리채를 움켜쥐었다. 이 가증스러운 자식, 입 벌려. 총구를 치아에 바짝 갖다 댔다. 아, 이가 깨지는 건 너무 흉하잖아. 다 바르카가 마음속으로 중얼거렸다. 입을 벌렸다. 죽음의 발톱이 입천장을 휘저었다. 마지막 순간, 그는 온힘을 다해 고개를 숙였다.

이렇게 해서 기생오라비 같은 놈이 하나 사라진 거야. 에르발이 중얼거렸다.

그러나 다니엘 다 바르카는 살아 있었다. 이튿날 아침, 빨래를 나온 여자들이 그를 발견하고 바닷물로 상처를 씻겨냈다. 군인들이 여자들을 떼어놓았다. 어디서 도망쳤지? 어디로 도망가려고? 어디긴, 교도소지. 저놈들처럼 말이야. 그러면서 그들은 죽은 자들을 가리켰다. 어떻게 하실 생각이에요? 여자들이 물었다. 어떻게 하긴, 다시 데려가야지. 왜, 우리가 어떻게 하길 바라는데? 우리를 죽이고 싶어?

에구, 불쌍해라! 하느님은 계시는 걸까?

다 바르카 의사의 상처는 말끔했다. 총탄이 장기를 건드

리지 않고 관통했던 것이다. 과다 출혈이었소. 솔란스 의사
가 말했다. 하지만 곧 회복될 거요.

오, 성모마리아여! 이건 기적이오. 메시지라고. 지옥에
도 어떤 계율이 있는 게 틀림없어. 교도소 전속사제가 말
했다. 하지만 군법회의가 기다리고 있을 거요. 하느님의 명
령에 따라 총살형이 집행될 수밖에.

그들은 교도소장 집무실에서 대화를 나누고 있었다. 교
도소장 역시 초조한 기색을 감추지 못했다. 상부에서 어
떻게 처리할지 나도 모르겠소. 다들 신경이 곤두선 상태
요. 다 바르카 의사는 진작 처형됐어야 할 인물이오. 처음
에, 그러니까 영광스러운 '모비미엔토(쿠데타에 성공한 프랑코
가 정치적 기반을 다지기 위해 국가적 차원에서 전개한, 특히 단일 정
당과 단일 노조를 결성하기 위한 강제적인 범국민운동을 말한다.—옮
긴이)'가 시작되었을 때 처치해야 했다, 이거요. 지금 상부
에서는 법정으로 가는 걸 원치 않고 있소. 그자는 이중국
적자라, 자칫 시끄러워질 수도 있거든.

교도소장이 창가로 다가갔다. 멀리 에르쿨레스 등대 가
까이에서 한 석공이 돌 십자가를 조각하고 있었다. 상부
에서는 이 일이 바깥으로 새어나가는 걸 원치 않아요. 그
가 다시 강조했다. 하지만 그자한테는 애인이 있어요. 천
하일색에 여간 드센 게 아니오. 이래서 죽지 않는 자들은

골칫거리라니까.

하지만 살아 있습니다. 솔란스 의사가 의미심장한 어조로 말했다. 나는 선서를 했고, 그 선서를 지킬 생각입니다. 이 순간에 그자의 목숨은 내 손에 달려 있어요.

며칠 동안 솔란스 의사는 의무실을 지켰다. 밤이면 안으로 문을 걸어 잠갔다. 다 바르카가 말을 할 수 있게 되었을 때 두 의사는 그들만의 공통점을 찾을 수 있었다. 그것은 노보아 산토스 박사의 일반병리학 수업이었다.

그건 그렇고, 신부님. 다들 '어린 예수'라고 부르는 돔보단은 어떻게 생각합니까? 대화를 통해 서로의 신뢰에 고무된 교도소장이 물었다.

어떻게 생각하다니, 그걸 왜 나한테 묻습니까? 신부가 반문했다.

돔보단은 사형을 언도 받은 상태였다. 그러나 모두는 돔보단이 바보라는 사실을 알고 있었다. 그는 정신지체아였다.

10

교도소에서 수감자들끼리 나누는 최고의 우정은 그들의 몸에 기생하는 이를 잡아주는 일이었다. 어머니와 자식들이 그러하듯.

교도소에서는 비누를 구하는 것이 불가능했다. 옷은 물로만 빨았다. 물조차 흔하지 않았다. 기생충이나 거머리는 일일이 손으로 떼어내야 했다. 교도소 안에 두 번째로 많은 집단은 쥐였다. 쥐 떼는 수감자들과 공동체를 이루면서 사방을 돌아다녔다. 이놈들은 대체 뭘 먹는 거야? 꿈을 먹지요. 다 바르카 의사가 한 수감자의 말을 받았다. 우리의 꿈을 갉아 먹고 사는 겁니다. 지상이든 지하든, 어디서나 똑같아요.

귀뚜라미도 함께 살았다. 돔보단은 마당에서 발견한 곤

충을 위해 마분지로 집을 만들어주었다. 문도 달았다. 귀뚜라미는 의무실 탁자 위에서 밤낮을 가리지 않고 울어댔다.

다 바르카가 회복되자 군사법정은 사형을 선고했다. 죄명을 일일이 열거하는 것조차 들어주기 힘들 정도였다. 인민전선 지도자, '반(反) 에스파냐' 정치 동맹 결성, '분리주의' 성향을 지닌 갈리시아 자치정부 선전원, 1936년의 영광스러운 '모비미엔토'에 맞서 레지스탕스를 조직한 '혁명위원회'의 수뇌부…….

그러나 그 문제는 몇 개월에 걸쳐 새로운 권력을 긴장시킨 의제가 되었다. 다 바르카 의사 사건이 외부로 흘러나가면서 그의 사면을 촉구하는 국제적인 캠페인이 전개되었다. 프랑코 군부는 그런 식의 요구를 민감하게 받아들이는 축이 아니었지만 군사법정을 곤혹스럽게 만드는 상황이 동시다발적으로 벌어졌다. 문제의 포로는 프랑코 군부와 동맹 관계를 맺고 있는 쿠바 태생의 이중국적자였다. 모든 언론이 그 사건을 대서특필하며 사면을 촉구했다. 극단적인 보수주의 언론조차 죽음의 손아귀에서 기적적으로 살아났다는 감동적인 휴먼 드라마 같은 인간 승리 앞에서 유연해졌다. 또한 그 사건은 비밀 교신처럼 대서양을 넘나들면서 군사법정의 판결에 대한 세부적인 내용까지 전해지고, 특히 갈리시아 지방 출신의 젊은 의사의 기개에 초점이 맞추어지면서 군사법정을 전율시킨 최후의 진술 일부가 반복되어 게재되었다.

자신의 야만적인 불행의 무게에 짓눌려
망연자실한 채 학대받는 나라, 에스파냐!

그중에 어떤 자는 논쟁을 불러일으키려는 의도가 충분히 담긴 어조로, 동시에 자신의 색깔이 뚜렷하게 드러나는 다분히 위선적인 필체로 쓴 탄원의 시를 호세 마르티(근대 쿠바의 초석을 다진 정치가이며, 모더니즘 계열의 시인이자 소설가이다.—옮긴이)에게 보내기도 했다.

그리고 나와 함께 살아 있는
내 심장을 적출하는 잔혹함을 위해
나, 엉경퀴도, 쐐기풀도 아닌,
하얀 장미를 심노라.

기사에는 다 바르카가 법정에서 시 몇 구절을 읊었고, 법정의 제지를 받았다는 내용도 있더군. 에르발이 소리를 높여 마리아에게 말한다. 하지만 내가 거기 있어서 아는

데, 그런 일은 없었어. 의사는 어떤 시 구절도 내뱉지 않았다고. 좌우지간 그날 다 바르카는 시종일관 서 있는 자세에서 또박또박 끊어지는 말투로 자신의 입장을 피력하더군. 법정은 마치 연 줄을 잡아당기는 것처럼 팽팽한 분위기가 감돌았어. 재판부는 한쪽 발을 법정 밖에 걸치고 있는 사람을 대하듯 지극히 형식적인 말만 허용했지만 말이야. 의사는 처음에 정의를 운운했는데, 그 의도는 알 것 같은데, 나한테는 그게 마치 트람피탄(신비로운 인물로 알려진 후안 델라 코바가 자신의 회화적인 극작품에 적용하기 위해 창조한 독특한 언어를 지칭한다. 넓은 의미로 '해독이 불가능한 은어'이다.)처럼 들리는 거야. 그러더니 나중에는 레몬과 돔보단 이야기로 넘어가더군. 돔보단은 허우대는 말짱하면서도 약간 모자란, 흔히 말하는 덜 떨어진 젊은 친구였어. 코루냐를 방어한다며 다이너마이트를 갖고 다니던 로우사메 출신 광부들과 함께 체포됐는데, 광부들의 트럭을 타고 돌아다녔던 거야. 마스코트처럼. 하지만 돔보단은 사형 선고를 받고도 자신이 사형을 당한다는 것조차 이해하질 못했으니, 무슨 말을 할 수 있었겠어. 그런 돔보단 대신 의사가 자기 신변에 대한 변론은 한 마디도 안 하고 돔보단 얘기만 해 댔으니, 내 생각에는 그것 때문에 판사들이 바짝 약이 올랐을 거야. 저녁을 먹을 시간은 다가오고 있는데 말이지.

판사님들, 정의는 영혼의 힘이 미치는 곳에 있습니다. 우리가 이 법정에서 다 바르카 의사의 말을 들을 수 있었으면 그 양반은 그렇게 말했을 겁니다. 정의는 전혀 적절하지 않는 곳에서 피어난다고. 그래서 우리가 부르는 정의는 거기, 그러니까 눈은 붕대를 감았지만 귀는 열려 있는 곳에, 어디가 어디인지 모르는 곳에, 판사님들이나 피고인들보다 앞에, 아니 법전 그 자체보다 더 앞에 위치합니다. 본론으로 들어가시오. 주무 판사가 경고를 주었다. 여긴 학회가 아니오. 그렇습니다, 판사님, 위대한 해양시대에 인간이 죽을 수밖에 없었던 주된 요인은 괴혈병이었습니다. '선원의 저주'라고 불렸던 괴혈병 말입니다. 그 기나긴 여정에서 살아서 돌아오는 자는 기껏해야 100명당 20명에 지나지 않았습니다. 그러나 18세기 중엽, 제임스 쿡(영국의 탐험가이자 항해가이며 지도제작자.—옮긴이)은 출항할 때 보급품으로 레몬주스를 한 통 싣게 했는데, 거기서 한 가지 중요한 사실을 발견합니다……. 자꾸 이런 식으로 나가면 당신의 발언권을 철회하겠소. 판사님, 지금은 제 변론을 듣는 시간입니다. 저는 이 자리에서 판사님이 콜럼부스 시대로 거슬러 올라갈 만큼 고루한 분은 아니라고 생각하지만, 이야기를 간추려서, 그 어떤 법정에서도 판결한 적이 없는 형벌을 피하려면 우리에게는 소량의 레몬만으로도 충분하다는 얘기를 하고자 합니다. 저는 이미 의료용 튜브는 물론이고, 붕대와 요오드를 요구했습니다. 그러나 의무실에는……. 할 말이 다 끝났소? 판사님, 제 의견을 존중해 주시니 수치심을 무릅쓰고라도 이번에는 정상참작에 대해 변론할까 합니다. 저는 교도소에서 미처 예상치 못한 휴가를 보내는 동안 정신 이상을 분석할 수 있었고, 그다지 놀라는 것은 아니지만, 한 가지 흥미로운 일을 발견했습니다. 사실 건강에 관한 문제만큼은 의사도 자기 자신을 속일 수 없습니다. 저 자신의 경우, 가벼운, 하지만 만성으로 굳어진, 아마도 갑작스러운 출산 혹은 유아기 시절의 영양 결핍에서 그 원인을 찾을 수 있는 정신 지체를 겪고 있으니까요. 그런데 교도소에는 저 말고도 저와 비슷한 몇몇 수감자들이 감성적인 보호를 받지 못해 정신이상자나 콘소의 정신병원에 입원한 환자들과 혼동되는 현실에 처해 있습니다. 제 경우를 말씀 드리자면 지역 사회는 절 받아들였고, 절 보호했고, 저한테 아이들이 할 수 있는 일을 맡겨 주었습니다. 샘물을 길어오게 하거나 오븐에 빵을 굽게 하고, 나아가 내부에 숨겨진 삶의 원초적 능력까지 찾아내서 땔감을 장만하거나 담 쌓는 돌을 나르게 하고, 송아지를 안고 가는 일을 시켰습니다. 그리고 그 보상으로, 그들은 사리판단이 어설픈 저를 바보 멍청이 대신 순진한 사람으로 불러주었습니다. 또한 광부들은 저를 친구로 받아들였습니다. 그 사람들은 술집으로 절 불러주었고, 축제에 절 데려가주었으며, 그때마다 저는 용감한 전사나 된 것처럼 의기양양하게 술을 마시고 노래를 불렀습니다. 그들이 가는 곳이면 전 그곳이 어디든 따라갔습니다. 그 사람들은 절 바보라고 부른 적이 없습니다. 재판관님들, 세상 사람들이 말하는 순진한 사람, 그 사람이 바로 돔보단, 오네노입니다.

돔보단의 이름이 법정 안에 설치된 음향 기기에서 흘러나오는 소리처럼 울려 퍼졌다. 주무판사가 자리에서 몸을 떼어내듯이 벌떡 일어나 판결봉을 내저으며 다 바르카 의사의 발언을 중단시켰다. 이제 연극은 끝났소. 폐정이오. 오늘 판결은 연기되었지만, 다음 재판에는 진혼미사가 열릴 거요.

11

국제적인 캠페인은 효과를 발휘했다. 극적이었다. 쿠바 정부의 청원으로 다 바르카는 사형에서 무기징역으로 감형되었다.

사람들 말마따나 그 사람은 자기만의 존재방식으로 교도소의 구원자가 된 거야. 그 양반은 노랫가락 한 마디로 골치 아픈 일을 치료한다는 돌팔이의사 못지않었어. 형을 살면서도 한쪽 발은 여기에, 다른 쪽 발은 저기에 걸치고서 모든 이들에게 용기를 북돋아주는, 그런 인물이었거든.

교도소 안에서 정치범들은 관공서 같은 역할을 담당했다. 평소 같으면 거리에서 말을 섞지 않고 증오했던 사람들, 예를 들어 무정부주의자들과 공산주의자들조차도 서로를 도왔으며, 그들은 합심하여 '방갈로'라고 불리는 비밀

전단지를 만들기에 이르렀다.

그들만의 미사에서 늙은 공화파들은, 코바 셀티카와 이르만다데스 다 팔라 출신의 베테랑급 갈리시아 지방주의자들은 고대 원탁의 기사들 같은 분위기를 풍기며 성체를 배령하고, 수감자들 사이에서 발생하는 불화나 분쟁을 해결하는 원로원 역할을 했다. 그때만 해도 재판 없이 수감자들을 '산책' 시키는 일은 금지되었지만, 산책자들은 밖에서 추악한 짓을 지속했다. 또한 바깥은 물론이고 지옥의 가마솥에서조차 확실한 질서를 잡기 위해 혈안이었던 군부는 즉결재판을 받은 사형수의 총살형을 우선순위로 집행했다.

교도소에 대한 관계 당국의 행정이 이중적인 행태를 취하는 와중에도 수감자들은 감방 생활을 가능한 한도 내에서 보다 낫게 개선시켜 나갔다. 수감자들은 나름대로 위생에 신경을 썼고, 음식 분배를 시작했다. 교도소 내 공식 일과 외에 실질적으로 그들의 일상을 지배할 비공식 일과를 작성했다. 자신들에게 주어진 일을 서로 돕거나 함께 풀 수 있는 조직적이고 효율적인 체계를 만들었다. 그리하여 교도소 철책 안에는 어둠 속의 정부가 세워지고, 양원제 의회가, 전시가 아닌 평시의 법정이 존재하게 되었다. 또한 인문학 학교, 담배 가게, 부조로 비축한 공동 자금 그리고 병원이 생겨났다.

물론 병원은 다 바르카 의사였다.

교도소 의무실에는 의사가 여럿 있었지. 에르발이 긴 이야기를 준비하듯 호흡을 가다듬자 마리아가 눈을 깜빡이며 그를 주시한다. 하지만 사실상 모든 업무를 주관하는 의사는 다 바르카였어. 공식적인 의료 책임자 솔란스는 교도소를 방문하긴 했어도 주어진 일만 처리하는 임시 보조 의사나 다를 바가 없었거든. 말도 거의 없었고. 우린 그자가 마약을 한다는 사실을 알고 있었지. 그자는 외부에 기거하면서도 교도소를 끔찍하게 여긴 데다 항상 넋이 나간 사람 같았어. 하얀 가운을 입고 교도소 같은 세상과 마주쳐야 한다는 현실이 끔찍했던 거야. 하지만 다 바르카는 달랐어. 모든 수감자들의 이름을 외웠고, 그들이 처한 사정에 훤했지. 정치범이든 잡범이든 진료카드가 필요 없었어. 정말이지 알다가도 모를 일이었어. 인간이 어떻게 해서 연감보다 더 정확할 수 있는 건지…….

하루는 군부에 소속된 의료당국 검열자가 의무실에 나타나서 솔란스한테 환자 검진을 지시했는데, 솔란스는 마치 누군가에게 감시를 받는 것처럼 어찌할 바를 모르고 안절부절못하더군. 뒤에 있던 다 바르카가 솔란스에게 자문을 구하며 그의 체면을 세워줄 때까지 말이지. 그때였어. 의자에 앉으려고 몸을 구부리던 검열자가 당황한 표정을 짓는가 싶더니 겨드랑이에서 무엇인가를 떨어뜨린 것은. 권총이었어. 그날 만약의 사태에 대비해 우린 긴장을 늦추지 않고 있었는데, 그도 그럴 것이 칭기즈 칸이라는 사내 때문이었어. 그자는 복서이자 레슬러였는데, 약간 맛이 간 바람에 여차하면 앞뒤 가리지 않고 사고를 쳤거든. 당시 칭기즈 칸은 레슬링 시합에서 자기도 모르게 사람을 죽인 죄로, 정확히 말하자면 쇼크사로 사람을 죽게 만든 죄로 복역 중이었는데, 거기에는 곡절이 있었지. 칭기즈 칸이 토로 데 랄린과 한창 레슬링 시합을 벌이고 있을 때 맨 앞줄에 앉아 있는 관객이 시합 내내 악을 질러댔나 봐. 사기라고, 이 시합은 사기라고! 그 시합에서 칭기즈 칸은 코피가 터졌어. 물론 그런 일은 늘 있었지. 하지만 코피를 보고도 만족하지 못한 관객은 오히려 자기가 의심했던 게 더 명백해졌다는 듯이 바짝 약을 올린 거야. 그러니 어떻게 됐겠어? 꼭지가 돌 수밖에. 칭기즈 칸은 130킬로그램이나 나가는 거한을 번쩍 들어 올리고는 있는 힘을 다해서 던져 버린 거야. 고함을 치던 관객을 향해, 다시는 레슬링이 사기라는 생각조차 못하도록.

아무튼 우리 모두는 땅바닥에 떨어진 권총을 내려다보며 경악하고 있었지. 마치 징그러운 쥐새끼를 바라보듯 어찌할 바를 모른 채. 순간 다 바르카가 차분하게 입을 열더군. 동지, 바닥에 심장을 떨어뜨렸군요. 그 말에 수갑을 차고 있던 칭기즈 칸마저 감명을 받은 눈치였어. 그 큰 덩치가 호쾌하게 웃으면서 맞장구를 치는 거야. 그러네요, 박사님, 불알이 세 개인 남자도 있나 보군요! 그 일이 있고 난 다음 칭기즈 칸은 다 바르카에게 충성을 다 하더군. 휴식 시간에는 경호원처럼 붙어 다니고, 이르만다데스 다 팔라 출신의 카레 노인이 가르치는 라틴어 수업에도 동행했어. 그리고 그때부터 나름대로 익힌 익살스러운 표현을 사용하기 시작했어. 예를 들어 꼭 그럴 상황이 아닌데도 파타카 미누타(pataca minuta. 라틴어 'peccata minuta'가 잘못 유래된 것으로, 여기서 'pataca'는 갈리시아 어인 'patata'를 혼동한 것이다. 본뜻은 '사소한 잘못'이다―옮긴이)라는 말을 내뱉거나 어떤 일이 꼬이면 '자, 카스파 카이다('떨어진 비듬'이라는 뜻.―옮긴이)로 갑시다'라며 맞지도 않는 말로 대충 얼버무렸지. 그가 '발가락'이라는 별명으로 불린 것도 그때부터였어. 키가 2미터나 되고 어깨에 항상 무엇인가를 매고 있던 그가 장화를 신을 때면 앞이 벌어져 그 사이로 단단한 떡갈나무 뿌리처럼 생긴 발가락이 툭 튀어나온다고 해서 붙은 별명이야.

교도소에서 수감자들은 오케스트라도 조직했다. 그들

중에는 다양한, 특히 공화국 시대에 무도회가 자주 열리던 마리냐스 출신의 좋은 음악가들이 많았으며, 무정부주의자들이 대부분인 그들은 전광석화 같은 빛의 고독이 흐르는 낭만적인 볼레로를 좋아했다. 악기는 없었다. 그들은 손과 입바람으로 트롬본, 색소폰, 트럼펫을 대신했다. 타악기는 진짜였다. 바르바리토라고 불리는 음악가는 소변용 변기로 재즈를 연주했다. 그들은 '오케스트라 리츠'와 '오케스트라 팔라세'라는 이름을 놓고 입씨름을 벌였으나 결국은 '신코 에스트레야스(오성, 즉 다섯 개의 별이라는 뜻.—옮긴이)'로 정했다. 보컬은 프랑스로 밀항하기 직전에 어느 어선의 갑판 밑 창고에서 수십 명의 도피자들과 함께 검거된 페페 산체스가 맡았다. 보컬의 재능을 타고난 산체스가 교도소 마당에서 노래를 하면 수감자들의 시선은 일제히 그들이 잃어버린 도시를, '그대들은 그대들이 잃은 것을 모르고 있다'는 표현으로 비유되는 도시 쪽을 향했다. 교도소가 도시와 등대 사이에 자리 잡은 터라 도시의 일부밖에 보이지 않았지만 말이다. 한편 그 시각, 무기를 내려놓은 에르발은 돌베개에 머리를 눕힌 채 오페라 극장의 수위처럼 지그시 눈을 감고 있었다.

페페 산체스에 대해서는 한 편의 일화가 있었다. 1936년 선거 직전, 이미 좌파의 승리가 점쳐지고 있을 때 갈리시아 지방에서 보수주의자들의 '선교'가 급격하게 늘어나기 시작했다. 보수반동주의자들은 노천에서 포교를 했는데, 그들에게 포교된 자들 중에서 농촌 지역 여성들이 가장 많았다. 그들의 설교는 묵시록이었다. 그들은 무시무시한 재앙을 예언했다. 남녀가 짐승들처럼 추악한 간음을 하는 세상이 도래할 것이라는 둥, 혁명가들은 무신론을 주입시키기 위해 아기들이 세상에 나오자마자 어머니들과 갈라놓을 것이라는 둥, 돈 한 푼 내놓지 않고 우리가 공들여 키우던 암소들을 끌고 갈 것이라는 둥, 성모마리아나 예수 그리스도 대신 레닌이나 바쿠닌을 위한 행진을 벌일 것이라는 둥. 그러던 어느 날, 셀라스의 사제관에서 선교 집회가 소집되자 일군의 무정부주의자들은 더 이상 좌시하지 않기로 작정하고 저지 활동에 나설 사람을 추첨했다. 그 자리에 페페 산체스가 뽑혔다. 그들의 계획은 산토 도밍고 회의 사제복 차림으로 위장한 다음 나귀를 타고 그들 틈으로 들어가 마치 악마에 홀린 사람처럼 행동하는 것이었다. 페페 산체스는 군중을 모으는 방법을 누구보다도 잘 알고 있었다. 예정된 날, 페페는 아침 식사에 아코르디엔테를 반주로 곁들인 다음 나귀를 타고 길을 나섰다. 그리고 목적지에 도착하자마자 큰 소리로 외쳤다. 그리스도 왕, 만세! 그리스도 왕 밑으로 마누엘 아사냐(1936년 인민전선의 총선 승리로 대통령에 올랐으나, 군부 쿠데타로 인해 상징적인 존재로 남았으며, 말년에 프랑스로 망명했다.—옮긴이)를! 그러나 설교가 예정된 진짜 신부들은 아직 도착하지 않았다. 무슨 일이 벌어지고 있는지조차 모른 채 지체되고 있었다. 페페 산체스를 진짜 설교자로 생각한 군중은 그를 설교대로 안내했다. 미처 예상하지 못한 일이었지만, 그렇다고 페페 산체스가 설교를 포기할 수도 없는 노릇이었다. 이 세상에는 타인의 동의 없이 타인에게 지시를 내릴 수 있을 만큼 좋은 사람은 없다, 여자와 남자의 결합은 자유로워야 하며 결합할 남녀 사이에는 사랑과 책임을 나타내는 반지나 칼만으로도 충분하다, 도둑을 등치는 자는 100년의 용서를 구한 것이며 곡물을 바치는 것은 늑대에게 고해성사를 하는 어린 양이나 다름없다……. 게다가 페페는 미남이었다. 사제복 자락과 긴 머리카락이 바람에 휘날릴 때면 영락없는 예언자의 분위기가 풍겨났다. 페페가 거의 속삭이듯 말을 시작하자 다들 침묵에 빠져들었다. 특히 젊은 여인들은 그의 모습에 눈을 떼지 못한 채 고개를 끄덕이며 한 마디 한 마디에 귀를 기울였다. 이윽고 말 재갈이 풀린 페페는 마치 연극 무대에 선 배우처럼 자신이 그토록 좋아하는 볼레로를 부르기 시작했다.

쾌락의 마법에 사로잡힌 소녀가

자신의 이름을 나무의 몸에 새기는데,

나무는 가슴에 와 닿는 감동에 떨더니

그 소녀에게 꽃 한 송이를 떨어뜨리네.

그는 자신의 임무를 완벽하게 수행했다.

페페 산체스는 총살당했다. 1938년 가을, 비가 추적추적 내리는 이른 새벽이었다. 전날 밤, 교도소에는 침묵이 흘렀다. 아무도 입을 열지 않았다. 사람들의 침묵을 갈매기의 울음소리가 채웠다. 빗장을 푸는 산책자의 탄식과 배수구로 흐르는 물소리가 수감자들의 마음을 대신하고 있었다. 순간 페페가 노래를 부르기 시작하고, '신코 에스트레야스' 오케스트라의 연주가 그와 함께했다. 그를 끌고 가는 산책자들 뒤로 성직자가 기도문을 외우며 뒤따르는데, 페페가 특유의 유머를 잃지 않는 어조로 외쳤다. 하늘을 접수하러 갑시다! 나는 기꺼이 바늘구멍을 통과할 거요! 버드나무처럼 매끈하게…….

그랬지. 에르발이 한숨을 내쉰다. 그날의 총살 집행에 자발적으로 나선 산책자는 아무도 없었어.

12

다 바르카는 두 차례나 죽음의 고비를 넘겼다. 그리고 두 번이나 죽음 앞에 무릎을 꿇은 것처럼 보였는데, 그때마다 그는 감방 구석에 놓여 있는 침대에 처박혔다.

돔보단의 사형집행과 페페 산체스의 사형집행이 그를 죽음의 문턱으로 데려갔던 것이다.

늘 단단하던 사람이 여지없이 무너지더군. 딱 두 번, 돔보단과 가수 페페 산체스가 죽었을 때 그랬지. 침상에 파묻혀 기나긴 잠에 빠져드는데, 흡사 쥐오줌풀로 담근 술독에 빠진 사람 같더라고.

페페 산체스가 처형을 당했을 때 칭기즈 칸이 다 바르카의 곁을 지켰다.

며칠 만에 눈을 뜬 다 바르카가 물었다. 발가락, 여기서 뭘 하는 거요?

이를 잡았답니다. 칭기즈 칸이 대답했다. 쥐도 쫓아내고요.

내가 그렇게 오래 잠들었나요?

사흘 밤낮을 잠만 자더군요.

고마워요, 칭기즈. 오늘 점심은 내가 대접하겠소.

눈빛이 총총하게 살아 있더군. 에르발이 마리아에게 말한다.

점심시간이었다. 다 바르카 의사와 칭기즈 칸이 식탁에 마주 앉고, 수감자들 모두가 영문도 모른 채 두 사람의 연회를 지켜보았다.

전채는 수산물 칵테일이에요. 바르시아 마을에서 나는 배춧속 위에 가재를 놓고, 그 위에 로즈 소스를 가미한 겁니다.

마실 건요? 징키즈 칸이 엉겁결에 물었다.

화이트와인 '로살'.

다 바르카가 그렇게 말하면서 채광창 같은 눈으로 뚫어지게 바라보자 칭기즈 칸은 낭떠러지에서 절벽 아래를 내려다보며 현기증을 느끼는 사람 같은 표정을 지었다. 그사이 식탁을 돌아 칭기즈 칸에게 다가간 다 바르카가 레이스 달린 커튼을 내리는 동작을 취하자 칭기즈 칸의 눈까풀이 스르르 감겼다.

칵테일은 먹을 만해요?

칭기즈 칸이 음식을 입에 가득 채운 채 고개를 끄덕였다.

와인은요?

내 입에 딱이에요. 칭기즈 칸이 황홀한 표정을 지었다. 입에 착 달라붙는데요.

자, 그러면 천천히 눈을 뜨세요.

다 바르카는 아만디 산 틴토 와인에 숙성해서 사과즙까지 가미한 송아지 고기를 본 요리로 내놓았다. 칭기즈 칸의 화색이 변했다. 창백하고 여윈 거한의 얼굴에서 살찐 수도원장의 얼굴빛이 감돌았다. 숨을 죽인 채 두 사람을 지켜보는 수감자들의 얼굴에서 시골의 풍요로움이 전이된 미소가 피어올랐다. 그도 그럴 것이 우화에서나 나올 것 같은 교도소의 식탁에서, 혀가 입천장에 달라붙는 소리는 고사하고 식기들이 부딪치는 소리조차 나지 않는 비루한 식탁에서 고기라고 맛 본 것은 기껏해야 '짐승이 발을 담근 물'이라고 명명한 이름 모를 수프가 전부였던 것이다.

칭기즈, 이제 약속했던 후식으로 넘어갑시다. 다 바르카가 차분하게 말했다.

토시니요 데 시엘로(천국의 맛을 지녔다는 에스파냐 전통의 후식용 푸딩.—옮긴이)! 칭기즈 칸이 순간적인 기쁨을 자제하지 못하고 소리쳤다.

밀오하스(1,000장의 나뭇잎이라는 뜻을 지닌, 에스파냐 전통의 후식용 슬라이스 커스터드.—옮긴이)!

타르타 데 산티아고(갈리시아 지방 전통의 케이크.—옮긴이)!

순간 어스름한 식탁 주위를 감싸고 있던 안개가 설탕가루처럼 흩뿌려지고, 창문 사이로 파고드는 냉기가 꽃송이로 피어오르고, 표면이 너덜너덜 벗겨진 벽을 타고 달콤한 꿀물이 흘러내렸다. 그러자 다 바르카가 그게 아니라는, 잠시 기다리라는 뜻으로 가볍게 손을 내저었다. 다들 입을 다물었다.

일순 여기저기서 허탈한 한숨소리가 새어나왔다. 그들은 가난한 후식 앞에서 잠시나마 꿈꾸었던 환상이 깨트려지는 것을 못내 아쉬워했다.

이건 숲의 나라 카우렐에서 나는 밤(栗)으로, 개박하와 회향풀에 삶은 거요. 칭기즈, 당신은 지금 어린아이가 되어 있어요. 숲의 나라에서 바람의 개들이 구슬프게 울부짖고, 등잔불 밑으로 깜깜한 밤이 떨고 있네요. 겨울의 무게에 눌린 어른들이 온몸을 웅크린 채 걷고 있는데……, 가만, 저만치 누군가가 오고 있네요. 아, 당신 어머니군요. 어머니가 껍질을 부드럽게 만드는, 짐승의 입김 같은 훈기로 삶은 밤을, 뜨거운 천 조각으로 감싼 자연의 창조물을 식탁에 차리고 있네요. 어때요, 칭기즈. 대지의 향연(香煙)

이 느껴지나요?

암요, 느껴지고말고요. 마법의 입김이 칭기즈 칸의 눈을 찌르자 그의 눈에서 눈물이 줄줄 흘러내렸다.

그렇다면 칭기즈, 이제 이 밤들을 초콜릿 크림에 담가볼까요? 갑자기 다 바르카의 목소리가 희극배우 같은 투로 바뀌었다. 프랑스풍으로 말입니다.

그날 그들은 모두가 달콤한 점심을 즐겼다.

교도소장은 식탁에서 일어난 일에 대한 보고서를 읽었다. '수감자들이 점심 식사를 거부했음. 어떤 항의를 나타내는 징후도 없고, 그럴 만한 동기도 전혀 없었음. 식기 반납 역시 특이할 만한 사항이 없었음.'

어떤 얼굴이 건강한 얼굴일까요? 다 바르카가 마지막으로 덧붙였다. 속담집에 나와 있는 그대로, 환영 속에서 사는 겁니다. 환영, 그게 우리 몸속의 포도당을 증가시키거든요.

칭기즈 칸은 달콤한 최면에서 깨어나며 하품을 했다.

13

때때로 망자는 귓바퀴에서 내려오는가 하면, 머릿속을 떠났다가 한참 만에 돌아오기도 했다. 또 자기 자식을 찾아갔나 보군. 에르발은 허전함과 그리움을 느꼈다. 그가 그리워하는 화가는 근무 시간이나 상념의 밤에 대화를 주고받는 상대였다. 화가는 평소에 많은 것을 가르쳐주었다. 그림도 그중 하나였다. 화가는 그림에서 가장 어려운 게 눈(雪)을 그리는 것이라고 말했다. 바다도 어렵고, 들판도 어려운데, 광활한 대상일수록 단조롭기 때문이었다. 에스키모 인들은 눈에서 마흔 가지 색깔을 구별하지. 화가가 말했다. 흰색만 해도 그 종류가 무려 마흔 개야. 따라서 바다를, 들판을, 눈을 가장 잘 그리는 사람은 다름 아닌 어린아이들이라고 할 수 있어. 순진무구한 어린아이들 눈에는 눈이 푸른색도 될 수 있고, 들판이 희끗한 색도 될 수 있거든. 허옇게 세어버린 농부들의 머리처럼.

당신도 눈을 그려본 적이 있나요?

물론이지. 늑대와 인간들을 배경으로 설정한 연극 무대용이었지만. 늑대를 그리고 싶으면, 배경의 중간에 넣으라고. 나머지는 그리기가 훨씬 쉬워질 테니까. 예를 들어 검은 늑대는 멀리서 살아 움직이는 점을 생각하며 그리고, 무리를 짓고 있으면 대초원에 헐벗은 가지를 드리우고 서 있는 너도밤나무를 상상하며 그리는 거야. 눈(雪)은, 누군가가 눈이라고 말하면, 그러면 그게 제대로 그려진 눈이 되는 거고……. 아, 참으로 경이로운 연극이었는데.

그 얘기를 듣고 보니 이상한 생각이 드는군요. 에르발이 소총 가늠쇠로 듬성듬성한 턱수염을 긁으며 말했다.

왜?

당신 같은 화가들한텐 말보다 이미지가 더 중요할 거 같거든요.

중요한 건 보는 걸세. 실제로 최초의 작가인 호메로스는 장님이었다고들 하잖나.

그 말은, 그러니까 그 사람은 아주 좋은 눈을 가졌다는 뜻이군요.

그렇지. 바로 그거야.

잠시 침묵이 흘렀다. 황혼이 깃드는 늦은 오후였다. 태양은 망명의 부두를 향해 서 있는 산 페드로 봉우리 너머로 기우는데, 하구 맞은편으로 등대가 만들어내는 수채화 같은 풍경이 잔잔하게 일렁이는 물결의 음영을 더욱 강조하고 있었다.

죽기 직전에 이 광경을 그렸지. 화가는 죽은 몸이라는 사실이 서로에게 전혀 무관한 것처럼 담담하게 말했다. 지금 우리가 보고 있는 이곳은 로살리아 데 카스트로 극장에서 코랄 루아다가 무대에 올린 '바다의 노래' 배경이었거든.

나도 한번 봤으면 좋았을텐데요. 에르발이 심심한 유감을 표했다.

다른 세상이나 다를 바가 없었지. 아무튼 저 바다를 암시하는 건 등대야. 저 에르쿨레스 같은 등대라고. 그날 바다는 어스름했지. 난 바다를 그리려고 한 게 아니었어. 내가 원한 건 귀에 들리는 탄원의 기도 같은 소리였어. 물론 그걸 그리는 건 불가능해. 완전무결한 화가는 리얼리즘을 추구하면 할수록 바다를 캔버스로 옮길 수 없다는 걸 잘 알아. 한 화가가 있었지. 윌리엄 터너(19세기 영국을 대표하는 풍경화가.—옮긴이)라고, 그 영국인 화가는 바다에 정통했어. 바다에 존재하는 가장 인상 깊은 이미지는 흑인들을 싣고 가던 배가 조난을 당한 장면이야. 그 그림을 보면 바다 소리가 들려. 노예들이 외치는 소리가. 어쩌면 갑판 밑에 있던 노예들은 배가 흔들린다는 사실 외엔 바다에 대해 아무것도 몰랐는지도 모르지. 생전에 내가 그리고 싶었던 것도 바다, 아니 바다 속이었어. 아, 그렇다고 숨도 안 쉬자는 건 아니고, 잠수복을 입고 들어가는 거야. 어떤 일본 화가처럼, 캔버스와 붓은 물론이고 그림 도구들을 몽땅 챙겨서. 그럴 만한 친구가 하나 있긴 한데…… 화가가 그리움이 묻어나오는 미소를 지으며 덧붙였다. 루그리스라고, 물속에 들어가기 전에 와인에 흠뻑 젖어 버리는 게 문제였지만 말이야.

화가가 에르발을 방문하는 시간은 어떤 이유 때문인지는 잘 모르지만 주로 황혼녘이었다. 그때마다 화가는 에르발의 귓바퀴에 살짝 걸터앉았다. 귀에 꽂은 목수의 연필처럼.

에르발은 연필이 자신의 귀에 꽂혀 있다는 것을 느낄 때면 화가와 함께 하얀 눈의 색깔에 대해, 들판의 푸른 침묵과 낮에 대해 주고받은 대화를 떠올렸다. 화가와 함께 밤안개 속을 걷는 전철수의 랜턴 불빛이나 반딧불이 빛에 대해 이야기할 때면 마치 안수기도를 받는 사람처럼 무거운 고민이 사라졌다. 물에 젖은 풀무처럼 축 쳐져 있던 허파

가 다시 뛰는 것을 느끼고, 관자놀이에 총을 맞는 악몽에
시달리며 식은땀을 흘리던 환각에서 벗어날 수 있었다. 감
시탑에서 잠시나마 잊힌 존재가 된다는 것은 더없이 아늑
한 일이었다. 그는 마침내 석공의 끌 소리를 들어도 자신
의 심장이 차분하게 뛰는 것을 느낄 수 있었다. 이전처럼
힘을 들이지 않고서도 가뿐하게 숨을 쉴 수 있었다. 그의
기억 역시 극장에서 돌아가는 영사기처럼 뚜렷해졌다. 상
모솔새가 나무껍질에 새겨진 세월의 흔적을 쪼아대던 시
절로, 우물가에서 풀포기를 움켜쥔 채 죽음의 시간을 견
뎌 내던 어린 목동의 시절로 되돌아갔다.

저기, 아낙네들을 잘 보라고. 화가가 말했다. 산을 그리
고 있잖아.

등대를 에워싸고 있는 덤불 위쪽, 암벽 사이로 여자 두
명이 빨래를 널고 있었다. 저긴 마술사의 천 조각 같은 곳
이야. 산을 채색할 온갖 물감들이 풀려나오는 곳이거든.
에르발은 눈으로 불그스레하고 통통한 여자들의 손을 좇
는 한편, 귀로는 화가의 이야기를 듣고 있었다. 저 아낙네
들의 손이 장밋빛 색깔을 띠는 것은 세월을 씻어내는 물의
돌로 씻고 또 씻기 때문이야. 그렇게 씻고 또 씻으니 저들
의 손은 어린 시절의 손이자, 빨래를 처음 시작했을 때의
손, 바로 그 손일 수밖에.

강가에서 빨래하는 아낙네들의 팔은 붓으로 치자면 손잡이가 되겠지. 화가가 덧붙였다. 손잡이가 오리나무로 만들어졌으면 아낙네들의 팔도 오리나무 색깔일 테고. 왜냐하면 오리나무는 아낙네들이 빨래를 하는 강변에서 자라고 있거든. 그래서 빨래를 비틀어 짤 때면 아낙네들의 팔도 오리나무 뿌리처럼 팽팽해지는 거고. 그렇다면 저 산은 어떻게 비유할 수 있을까? 저 산은 캔버스라고 해야겠지. 잘 보게. 아낙네들은 금작화와 찔레나무 위에 그림을 그리고 있잖아. 나무가시는 당연히 빨래집게가 될 테고. 저걸 봐. 하얀 모포가 만들어내는 기다란 붓 터치를. 빨간 양말 두 켤레도, 바람에 살랑대는 린넨 천도 저 아낙네들이 그려내는 거야. 그리고 저렇게 널어놓은 빨래는, 각각의 빨래는 각각의 이야기를 지니고 있는 거고.

혹시 빨래하는 아낙네들의 손톱을 본 적 있나? 그 아낙들한텐 손톱이 거의 남아 있지 않아. 물론 사연이 있지. 만일 우리 눈에 뢴트겐이 달려 있으면 저들의 척추가 오랜 세월이 흐르면서 머리의 무게를 견뎌내느라 변형된 거라고 얘기할 거야. 반면에 아낙네들은 도마뱀이 손톱을 가져가 버렸다고들 얘기하는데, 그건 마술적인 해석이라고 해야겠지. 사실 아낙네들의 손톱은 세월이 흐르는 동안 수산화나트륨이 먹어치운 거잖아.

에르발의 머릿속은 늘 들끓었다. 그의 손에 죽어간 수 감자들의 목소리가 끊임없이 들려왔다. 강철인간(철가면을 쓴 가공의 인물로 형상화되며, 독재자와 철권 정치를 암시한다.—옮긴 이)도 그들 중 하나로, 화가가 부재중일 때면 그 자리를 차지하려고 안달을 부렸다. 강철인간은, 화가가 고적한 석양 녘에 찾아오거나 귓바퀴에 걸터앉는 것과 달리 하루를 시작하는 시간, 다시 말해 에르발이 거울 앞에서 면도를 하는 아침에 자주 나타났다. 특히 시신들을 실은 마차를 끌고 밤새 산을 오르내린 사람처럼 숨이 막혀 질식한 것 같은 악몽을 꾼 날에는 어김없이 찾아와 엄격한 충고를, 명령이나 다름없는 지시사항을 주입했다. 상대의 눈을 똑바로 응시하되, 시선을 흔들리지 않게 유지하는 법을 배워야해. 그렇게 하려면 어금니를 꽉 다물어야겠지. 말은 가능한 한 자제하도록. 말이란 게 위압적이고 거칠면 심신이 허약한 자들한테는 마스트를 붙잡고자 기를 쓰는 조난자처럼 주눅이 들게 하지만, 자칫 호사가들의 입방아에 오르내릴 수 있거든. 반면에 침묵은, 특히 단호하고 호전적인 제스처가 동반되는 침묵은 상대에게 겁을 주는 데 아주 효과적이지. 그리고 인간관계는 항상 힘의 언어로 정해진다는 걸 잊지 말도록. 무리를 지어 다니는 늑대들이 처음 만나 서로를 탐색하는 건 새로운 질서 즉, 지배냐 복종이냐를 정하기 위해서지. 자, 병사여. 전투복의 목 단추를 단단히 잠그도록! 그대는 승리자야. 그들은 그대가 승리자라는 것을 곧 알게 될 거야.

여동생이 내어준 방에는 한쪽 벽에 자전거가 걸려 있었다. 바퀴는 땅바닥에 한 번도 내려놓은 적이 없었는지 말끔하고, 바퀴에 씌워진 양철 덮개는 알파카로 광을 낸 것처럼 반들반들 윤이 났다. 에르발은 잠자리에 들기 전에 침대에 걸터앉아 자전거를 쳐다보았다. 어릴 때부터 그는 침대에 걸터앉은 채 어떤 꿈을 꾸었다. 아니, 안 꾸기도 했다. 그가 꿈을 꾸는 것은, 어쩌면 그가 꾸는 꿈은 꿈꾸는 것을 꿈꾸는 꿈인지도 몰랐다. 그런데 이상했다. 느닷없이 무엇인가에 속은 것 같은 기분이 들었다. 마리사 마요. 그가 꿈꾸었던 모든 꿈은, 그가 꿈꾼 모든 것을 담고 있는 그 꿈은, 바로 그 계집애, 그 아가씨, 그 여인 마리사 마요였는데, 그녀가 거기, 바로 그의 눈앞에 있었던 것이다. 벽에. 마치 제단 위에 걸려 있는 동정녀 마리아처럼.

어린 시절, 에르발은 짐승들을 몰고 나갔다가 덫을 놓는 삼촌이나 목공 일을 하는 삼촌을 찾아가곤 했다.

하루는 암소들을 데리고 집으로 돌아오는 길에 목공소 앞에서 발길을 멈추었다. 판자에 역청을 바른, 부서진 궤짝을 얼기설기 엮어놓은 것 같은 목공소는 마을 초입에 있었다. 목공소 텃밭에는 앵무새들이 좋아하는, 하얀 이끼로 뒤덮인 사과나무 한 그루가 서 있었다. 어린 그의 눈에 나이 많은 삼촌 난은 이상한 존재로 보였다. 삼촌은 늘 혼자였다. 고독한 영혼이었다. 말이 삼촌이지 할아버지였다. 그가 사는 마을에는 늘 늙음이 도사리고 있었지만, 난 삼촌만큼은 달랐다. 그 마을에 도사린 늙음은 음울한 모퉁이에서 느닷없이 이빨을 드러내고, 안개가 끼는 날에 여자들에게 상복을 입히고, 아과르디엔테 술에 찌들어 목소리를 잦아들게 하고, 겨울에는 주름살을 만들었지만, 난 삼촌만큼은 비껴 갔다. 삼촌의 머리칼과 가슴에는 곱슬곱슬한 털이 하얗게 뒤덮이고, 사과나무 줄기 같은 억센 팔에는 이끼 같은 검버섯이 자리를 잡았지만, 누르스름한 피부는 곧게 쭉 뻗은 소나무 심재처럼 윤기가 흘렀고, 누런 치아는 유쾌하게 웃는 사람의 치아처럼 빛이 났다. 삼촌은 붉은 관모처럼 생긴 목수의 연필을 귀에 끼고 다녔다. 삼촌의 목공소에는 냉기가 없었다. 바닥은 부드러운 대팻밥으로 만든 침상 같았다. 톱밥은 습기를 빨아들였다. 어디서 오는 거냐? 그는 다 알고 있으면서도 혼자 묻고, 혼자 대답했다. 너 같은 꼬마는 지금 학교에 있어야 할 텐데. 나무가 싹도 피기 전에 잘리는구나. 이어 조카를 불렀다. 에르발, 이리 오너라. 눈을 감고 이 냄새를 맡아보렴. 냄새만

맡는 거야. 자, 어느 게 밤나무고, 어느 게 자작나무지? 소
년은 나무 조각에 바짝 코를 갖다 대고 킁킁거렸다. 코가
나무에 닿으면 안 돼. 냄새만 맡아야지.

이게 자작나무잖아요. 소년이 눈을 감은 채 대답했다.

진짜로?

진짜요.

왜?

여자 냄새가 나잖아요.

아주 잘했구나, 에르발.

삼촌은 그렇게 말한 뒤 절단된 자작나무 앞으로 다가서
서 지그시 눈을 감고 심호흡을 했다. 흠, 강에서 멱을 감는
암컷 냄새가 나는구나.

에르발은 벽에 걸린 자전거를 바닥으로 내려놓는다. 핸
들과 양철 덮개가 알파카 가죽으로 닦은 것처럼 반들반
들 윤이 난다. 그는 침대 밑에서 상자를 꺼낸다. 난 삼촌이
쓰던 공구상자이다. 자전거 뒷자리에 상자를 싣고 끈으로
붙잡아맨다. 커피를 준비한다. 삼촌이 그랬던 것처럼 도기
냄비에 끓인 커피가 탕약 같다. 날이 밝아오고 있다. 자전
거 페달을 밟는다. 강가를 따라 자작나무가 늘어서 있는
길 위를 달린다. 저만치 이상한 형체가 다가온다. 도포 차
림에 짙은 화장을 한 얼굴이 마스크를 쓴 것 같다. 에르발

에게 자전거를 멈추라는 손짓을 보낸다. 에르발은 못 본 척한다. 힘껏 페달을 밟는다. 그러나 체인이 빠지고 페달이 헛바퀴를 돈다.

어이, 친구, 에르발. 난 '죽음의 신'이야. 자네 혹시 젊은 아코디언 연주자와 그 빌어먹을 '삶'이 어디 있는지 알고 있나?

에르발은 다급하게 어떤 무기를, 자신을 보호할 무엇인가를 찾는다. 없다. 불현듯 귀에 낀 연필에 도움을 청한다. 목수의 연필이 붉은 포신처럼 길어진다. 연필심이 번쩍이는 금속처럼 빛을 발한다. '죽음의 신'이 경악하며 홀연히 사라진다. 웅덩이에 흔적만 남긴 채. 그제야 그는 체인을 낀다. 다시 페달을 밟는다. 귀에 연필을 끼고 검은 방울새 행진곡에 맞추어 휘파람을 분다. 이윽고 대저택이 보인다. 마리사 마요의 집이다. 아름다운 날이네요! 에르발은 하늘을 올려다보며 노래를 부르듯 인사를 건넨다. 그러네요. 마리사 마요가 화답한다. 좋은 날이에요. 그가 손을 부비며 묻는다. 여주인님, 오늘은 무엇을 만들어드릴까요? 반죽 통을 만들어주세요. 그녀가 대답한다. 오늘은 빵을 쪄야겠어요.

여주인님, 호두나무로 만들어드리겠습니다. 다리도 달고요. 아, 그리고 뚜껑도 만들어야겠네요.

찬장도 필요한데. 에르발, 찬장도 만들어줄래요?

물론입니다. 장식용 손잡이도 달아 드릴게요.

눈을 떴다. 강철인간의 목소리가 그를 깨웠다. 그는 옷도 벗지 않은 채 침대에 걸터앉았다가 깜빡 잠이 들어 있었다. 그때 주방 쪽에서 여동생의 한숨 소리가 들렸다. 란데사 중사가 한 말이 떠올랐다. 나 대신 그 자식 불알을 걷어차 주라고.

좋아. 에르발이 중얼거렸다. 갈보 자식 같으니.

내 말 듣고 있는 거야? 그의 매제 살로 푸가의 고함소리가 들렸다. 뜨끈뜨끈한 식탁은 어디 있지? 내가 이 집구석에 들어오는 시간에 딱 맞춰 나와야 하는 저녁식사 말이야!

그의 여동생 베아트리스는 잠옷 차림에 머리가 헝클어져 있었다. 부스스한 모습이 자다가 나온 모양이었다. 에르발이 나타나자 화들짝 놀라며 손에 들고 있던 접시의 수프를 흘렸다. 살로 푸가는 제복 차림이었다. 청색 셔츠, 가죽 띠, 옆구리에 매단 권총. 에르발을 응시했다. 퀭한 눈. 취해 있었다. 이맛살을 찌푸리며 냉소를 흘리더니 혓바닥으로 이를 닦았다.

처남, 왜, 잠자리가 불편해요?

그가 권총을 꺼내 식탁에 올려놓았다. '스타' 모델이었다. 식기와 빵 조각 옆에 놓인 무기가 흉측하게 생긴 연장 같았다. 그가 와인 두 잔을 가득 채웠다.

처남, 이리 와서 앉아요. 이 매제하고 한 잔 꺾어야 하지 않겠수? 그러더니 아내에게 말했다. 베아트리스, 당신은 내가 가져온 거나 잘 챙기라고.

이어 에르발을 향해 한쪽 눈을 찡긋하더니 접시를 해치우기 시작했다. 살로 푸가는 항상 그런 식이었다. 날마다 술에 찌들어 호전적인 허세를 부렸다. 베아트리스는 남편에게 함부로 다루어지는 흔적을 감추기도 했지만, 남매끼리 있을 때면 오빠의 품에 안겨 울음을 터뜨리기도 했다. 그사이 남편이 가져온 자루를 풀어헤치던 베아트리스가 그 자리에 얼어붙었다. 마치 넋이 나간 사람 같았다.

어때? 살로 푸가가 소리쳤다. 사냥감이 정말 멋지지 않아? 자, 그걸 높이 들어 올려보라고!

여보, 이건 내일 치우는 게 낫겠어요. 베아트리스가 사색이 된 채 통사정을 했다.

뭐해, 들어보라니까! 안 물어. 안 문다고. 염려 붙들어매고 당신 오빠한테도 보여주라고!

베아트리스가 구역질을 참으며 자루 속에서 무엇인가를 꺼냈다. 돼지 머리였다. 그녀는 애써 외면하면서 그들 앞에 내보였다. 죽은 짐승의 눈 속에 모래가 박혀 있었다.

불쌍한 짐승 같으니!

살로 푸가가 자기만족에 취해 웃음을 터뜨렸다. 전부 다 내가 가져온 거야! 꼬리까지 몽땅! 그러고는 이렇게 덧붙였다. 그 빌어먹을 노파가 내놓지 않으려고 기를 쓰더군. 프랑코한테 이미 아들도 내놓았다면서. 하하하.

살로 푸가는 전쟁통에 몸이 부쩍 불어나 있었다. 그는 아바스토스('도살장'이라는 뜻이며, 여기서는 고유명사이다.—옮긴이)에 근무했다. 그들은 마을을 헤집고 돌아다니며 생필품을 몰수했는데, 그때마다 전리품의 일부가 그의 수중에 떨어졌다. 젠장, 그게 무슨 유물이나 된답시고, 죽어도 못 내놓겠다는 거야! 그는 다시 야비한 어투로 반복해서 말했다. 허벅지를 붙잡고 늘어지는데, 그 늙은 걸 떼놓느라 아주 애를 먹었다니까.

베아트리스가 자루를 끌고 나가자 살로 푸가가 셔츠 호주머니에서 파리아스 두 개비를 꺼내 하나를 에르발에게 권했다. 그들이 내뿜는 연기가 전등을 감싸며 허공으로 피어올랐다. 갑자기 살로 푸가가 실눈을 뜨며 에르발을 뚫어지게 노려보았다.

날 죽이고 싶은 거지? 안 그래? 하지만 당신은 안 돼. 숫기가 없거든.

그러고는 다시 웃음을 터뜨렸다.

14

교도소와 도시 초입에 있는 집들 사이에는 암석 지대가 있었다. 암석 꼭대기 쪽에는 아낙네들이 나와 있었는데, 간간이 치맛자락과 머리칼을 흔들어대는 바람만 아니면 영락없이 조그만 조각상처럼 보였다. 휴식 시간이었다. 햇볕이 잘 드는 마당 한쪽에서 몇몇 남자 수감자들이 양손으로 망원경을 만들어 암석 쪽을 바라다보고 있었다. 별다른 움직임은 없었다. 아낙네들도 마찬가지였다. 깃발로 어떤 신호를 보내듯 손을 흔들기도 했지만, 그렇다고 딱히 의심할 것은 없었다.

에르발은 교도소 감시탑 위에서 화가의 말에 귀를 기울이고 있었다.

화가는 인간이나 사물은 빛의 옷을 입고 있다고 말했

다. 성경의 복음서에선 인간을 '빛의 자식들'로 보고 있지. 따라서 남자 수감자들과 바위 위에 있는 여자들 사이에는 담장 위를 지나가는, 그러나 눈에 보이지 않는 빛줄기가 교차하고 있어. 남자들의 기억에서 나오는 빛과 여자들의 빨래에서 나오는 빛이 서로의 감성을 전달하는 밧줄로 만든 다리 역할을 하고 있다는 거지. 화가의 말을 들으면서 에르발은 수감자들과 암벽 위의 여자들이 교합하는 장면을 상상했고, 그들의 머리카락과 치마를 흩날리는 것은 바람이 아니라 서로를 애무하는 손길이라고 생각했다.

하루는 거기서 그녀를 보았다. 마리사 마요. 남루한 행색의 여자들 틈에 끼어 있었다. 바람에 흩날리는 그녀의 길게 늘어뜨린 붉은 머리가 교도소 마당에 나와 있던 의사를 향하고 있었다. 그녀의 머리카락은 비단처럼 빛나는, 눈이 보이지 않는 줄로 변해 있었다. 어떤 명사수도 맞힐 수 없는, 총알이 스치는 것조차 허용하지 않는 아름다운 비단 줄로.

오늘은 여자들이 안 보였다. 대신 긴 터벅머리 아이들이, 터벅머리 탓에 제법 머리통이 굵어 보이는 아이들이 전쟁놀이에 열을 올리고 있었다. 울퉁불퉁한 암벽이 그들의 전쟁터였다. 검 대신 막대기를 든 아이들이 뿔뿔이 흩어졌다가 다시 모여들기를 반복하면서 칼싸움을 벌였다.

그러다가 칼싸움이 지쳤는지 총싸움을 시작했다. 총을 쏠 때마다 그 자리에서 나뒹굴거나 영화의 엑스트라처럼 그럴 듯한 포즈를 취하며 바닥에 쓰러졌고, 죽은 듯이 엎드려 있다가 벌떡 일어나 교도소 담장 쪽으로 도망쳤다. 한 아이가 바닥으로 쓰러졌다가 고개를 드는 순간, 경비대원과 눈이 마주치자 막대기로 총 쏘는 자세를 취했다. 총구가 감시탑의 경비대원을 겨냥하고 있었다. 이런 코흘리개 같은 자식! 에르발은 애송이를 놀래주기로 작정하고 소총을 들었다. 총구가 아이를 겨냥했다. 얼굴. 그때였다. 다급한 외침이 들린 것은. 피코, 뛰어. 피코! 어서 도망가! 아이가 천천히 막대기를 거두었다. 주근깨가 난 얼굴에 엷은 미소가 번졌다. 앞니가 드러났다. 그러나 겁에 질린 얼굴이 아니었다. 오히려 경비대원을 겨냥하더니 방아쇠를 당겼다. 빵! 빵! 그러고는 암석 위로 부리나케 뛰어 올라가기 시작했다. 닳아 해어진 바지를 질질 끌면서. 에르발의 총구가 그 아이의 뒤통수를 좇고 있었다. 뺨이 후끈하게 달아올랐다. 그 아이가 암석 뒤로 사라지고 나서야 무기를 내려놓았다. 깊은숨을 토해냈다. 숨이 찼다. 땀이 물방울처럼 흘러내렸다. 그때였다. 낯익은 웃음소리를 들은 것은. 이번에는 화가가 아니라 강철인간이었다.

귀에 끼고 있는 게 뭐지?

연필입니다. 제가 사살했던 화가가 남긴 목수의 연필입니다.

대단한 전리품이군!

1939년 4월 1일, 프랑코는 승리를 선언했다.

오늘은 하느님의 승리를 축하하는 위대한 날입니다. 교도소 마당에 마련된 장엄미사에서 전속사제가 입을 열었다. 사제의 목소리는 평소처럼 오만하지 않고, 마치 중력의 법칙을 발표하는 것처럼 착 가라앉아 있었다. 그날 수감자들 사이사이에는 관계당국 인사들이 참석한 자리에 불미스러운 사태가 발생하지 않도록 교도소장의 지시하에 교도관들이 배치되어 있었다. 교도소장은 설교시간에 상처에는 담즙을 바르는 게 좋다고 하거나, 이번 전쟁은 십자군전쟁이라며 은총을 내리거나, 베엘제붑(악이나 악마를 상징하는 파리대왕.—옮긴이) 떼로 전락한 천사들에게 참회를 하도록 간원하거나, 프랑코 장군에게 성스러운 가호가 있기를 간구하다는 이야기가 나올 때 여기저기서 기침과 웃음이 동시다발로 터져 나오는 상황을 용납하지 않았다. 특히 전속사제는 평소에도 신학을 무기 삼아 거의 모든 수감자들, 즉 『성인 도서관』이나 『경이로운 벌레들의 삶』을 닥치는 대로 읽어치우는 수감자들과 툭하면 논쟁을 불러일으키며 날선 각을 세우는 인물이었다. 어떤 자는 종교재판

소로 갔으면 하더군요. 신앙을 놓고 다투자는 겁니다. 세상에! 그자들은 라틴어는 물론이고, 그리스어도 잘 알고 있소. 특히 다 바르카 의사 같은 자는 내 앞에서 밀가루 빵과 프시케(영혼.—옮긴이)와 프네우마(영靈.—옮긴이)로 엮은 거미줄까지 치더군요.

'프네우마 테스 알레테이아스(Pneûma tes aletheias)'. 즉 '진실의 영'이라고, 혹시 신부님은 알고 계십니까? 그게 바로 성령을 의미합니다. '진실의 성령' 말입니다.

하느님은 우연히 정해진 자들은 싸움에 불러들이지 않습니다. 하느님한테는 적이 없습니다. 따라서 하느님을 모독하는 것은 죄악이자 사탄의 시위일 뿐입니다. 그분 앞에서 우리는 과연 무엇이겠습니까? 우리는 하찮은 바늘귀나 다름없습니다. 하느님이 행한 것은 역사의 흐름을 안내하는 것으로, 이는 방앗간 주인이 강의 물줄기를 끌어가는 것과 똑같습니다. 하느님은 죄악과 싸우며, 죄악은 우리가 감내할 일입니다. 우리는 고해를 통해 참회하고, 고해를 통해 용서를 받습니다. 우리에게는 원죄, 즉 '페카툼 오리지날레(peccatum originale)'가 존재하며, 이는 우리가 태어남으로써 견뎌야 할 성스러운 흉터입니다. 원죄 다음으로는 개인의 죄, 즉 '페카툼 페르소날레(peccatum personale)'인데, 이는 인생의 장애물 같은 것으로, 우리가 살아가면서 저지르는 사사로운 죄를 말합니다. 그러나 이러한 죄를 지은 자들 중에서도 가장 나쁜 자는 요 근래에 자신의 본질을 배신한 채 우리를 공격했던 자들, 우리 에스파냐의 일부를 점유했던 자들, 다시 말해 '역사에 대한 죄악'을 저지른 자들입니다. 끔찍하게 혐오스러운 그들의 죄악은 지적인 자들의 허영과 단순하기 짝이 없는 자들의 무지에서 비롯되었고, 혁명이나 사회적 유토피아 같은 터무니없는 유혹에 휩쓸린 데 있습니다. 다시 강조하건대, 하느님에 맞서는 것, 그것은 바로 역사의 죄악입니다. 성경에 반복되며 언급되듯 하느님의 분노는 존재합니다. 하느님의 분노는 정당하고 무자비합니다. 하느님은 당신의 승리를 위해 당신에게 필요한 도구들을 선택합니다. 그리고 그 도구는 바로 하느님에게 선택된 자들입니다.

교도소 전속사제는 먼저 교황 피오 12세가 프랑코에게 보낸 3월 31일자 전보를 읽었다. 우리의 마음을 다해 하느님을 받들면서, 우리는 귀하의 가톨릭 에스파냐의 승리에 심심한 사의를 표합니다.

순간 헛기침 소리가 들렸다.

아니다 다를까, 다 바르카 의사였어. 에르발이 마리아에게 말한다. 내가 그 양반 옆에 서서 죽 지켜보고 있었거든. 눈짓으로 경고를 해가면서 말이지. 우리는 어떻게 해서 질서를 유지해야 할 책임이 있었지만, 그자는 내가 벌레 대하듯 쳐다봐도 안색조차 안 변하는 거야. 콘서트에서 고상한 척하는 부류들처럼 헛기침을 하고선 시치미를 뚝 떼는데, 나는 어떻게 해야 할지 막막하더라고. 하지만 천만다행이었던 게 헛기침이 모든 수감자들한테 금방 옮아가고 있었다는 거야. 종루에 달린 종들이 한꺼번에 울려 퍼지듯이.

우리는 아무 조처도 취할 수가 없었어. 미사 도중이라 혼을 내줄 수도 없는 노릇이잖아! 관계당국에서 나온 참석자들도 좌불안석이더군. 우리는 전속사제가 적절하게 대처해서 그들의 기침 소리가 잦아들게 해주기만 바랐지. 하지만 신부는 마치 더 큰 톱니바퀴를 돌리는 데 익숙해진 기술자처럼 오히려 자신의 설교에 더 열을 올리는 거야.

다시 말하건대, 하느님의 분노는 존재합니다! 하느님은 승리자입니다!

그러나 전속사제의 설교는 수감자들의 헛기침 소리에 파묻혔다. 그 소리는 오페라 극장에서 조심스럽게 들리는 정제된 헛기침이 아니라 심연의 바다에서 물밀듯이 밀려드는 파도 같은 헛기침이었다. 그제야 관계당국자들의 곱지 못한 눈초리에 주눅이 든 교도소장이 사제에게 다가갔고, 사제의 귀에 대고 설교를 줄여달라고 속삭였다. 오늘은 승리의 날이라고, 고기 파티가 예정되어 있다고.

그 말에 가뜩이나 벌겋게 달아올라 있던 전속 사제의 얼굴이 새하얗게 변했다. 이윽고 사제가 설교를 중단하더니 제정신을 차린 사람처럼 혼잣말로 라틴어를 중얼거렸다.

사제의 입에서 흘러나온 라틴어는, 에르발이 기억하지 못할 수도 있지만, 이런 말이었다. 우비 에스트 모르스 스티물루스 투우스(Ubi est mors stimulus tuus. '오, 죽음이여, 그대의 가시는 어디 있단 말인가?'—옮긴이)?

승리자들의 의식이 마무리되었다. 마지막으로 교도소장이 미리 준비한 구호를 힘차게 선창했다.

에스파냐! 그의 선창에 반응한 사람은 관계당국자들과 간수들뿐이었다. 하나다!

에스파냐! 수감자들은 여전히 침묵했고, 이번에도 관계당국자들과 간수들만 대답했다. 위대하다!

에스파냐! 이번에는 모두가 대답했다. 자유다!

사실 에르발은 이미 승리자들의 승전보를 듣고 있었다.

사람들이 생각하는 것과 달리 감옥이란 정보가 돌아다니기에 아주 적합한 곳이거든. 에르발이 마리아에게 말한다.

패배자들의 소식이 속속들이 들어오고 있었다. 1월에 바르셀로나가 함락되고, 3월에는 마드리드가 함락되었다.

4월의 첫날, 톨레도가 함락되면서 교도소는 눈물바다로 변했다. 수감자들의 얼굴에 주름살이 패이고, 퀭하게 패인 눈가에 어두운 그림자가 드리워졌다. 연이은 패퇴 소식에 복도와 마당을 지나다니는 그들의 발걸음이 무거웠다. 그러나 그들은, 마치 미아스마(악의 기운.—옮긴이)나 어떤 질병 혹은 전염병에 감염된 것처럼 의기소침했던 수감자들은 언제 그랬냐는 듯이 차츰 기력을 되찾기 시작했다.

다 바르카는 면도를 했다. 하루도 빠트리지 않았다. 항아리에 담긴 물로 얼굴을 씻고, 금이 간 거울 조각을 들여다보고, 머리를 말끔하게 빗어 넘겼다. 낡은 구두를 깨끗하게 닦았다. 흑백사진에 나오는 구두처럼 반짝반짝 광을 냈다. 그의 동작 하나하나가 흡사 신중하게 말을 다루는 체스게이머 같았다. 그리고 마리사한테 부탁했던 사진도 돌려주었다.

그냥 가져가요. 좋은 생각이 아니었던 것 같아.

마리사는 의아한 표정을 지었다. 사진을 돌려받는 것을 좋아할 사람은 어디에도 없었다. 더욱이 감방에서.

이 사면의 벽 속에 갇혀 있는 당신을 보고 싶지 않아서 그런 거요. 사진 대신 다른 걸 줘요. 잠을 잘 때 필요한 거면 더 좋고.

마리사는 목에 두르고 있던 스카프를 건넸다. 그러나 수

125

감자와 면회자의 접촉이 금지된 탓에 두 사람 사이의 거리는 항상 1미터를 유지해야 했다.

에르발이 냉담하게 스카프를 검사했다. 붉은 무늬가 파형을 이루는 면 스카프였다. 어느 누가 이런 아로마 향기를 내뿜는다는 말인가! 붉은색은 반입이 허용되지 않습니다. 에르발이 그렇게 말하며 스카프를 마리사의 손에 놓아주었다.

이제 가봐야겠군. 전쟁이 끝난 지 얼마 지나지 않은 어느 날, 화가가 에르발한테 말했다. 내 아들을 만날 생각이야. 이봐, 자네. 혹시 내 아들에 대해 아는 건 없나?

살아 있어요. 에르발의 대답에 불편한 노기가 섞여 있었다. 난 당신을 속이지 않아요. 우리가 찾으러 갔을 땐 이미 피신했더군요. 나중에 알았는데, 장님으로 위장하고 시외버스로 빠져나갔어요. 장님 안경을 쓰고 별짓을 다해도, 보이는 건 배수구에 처박힌 시체들뿐일 걸요. 아무튼 우리는 여기, 코루냐에서 당신 아들을 놓쳤어요.

그렇다면 찾아봐야겠군. 그림 그리는 걸 가르쳐주기로 약속했거든.

내가 장담하는데, 당신 아들은 위대한 그림을 그리진 못할 거예요. 경비대원이 거칠게 말했다. 기껏해야 두더지 꼴로 살 수밖에.

화가가 떠나자 에르발은 심기가 편하지 않았다. 마음과 달리 매제에게 맞설 만한 호기조차 사라지자 여동생의 집을 나오기로 마음먹었다. 그는 상부에 야근을 자청했다. 근래에는 아침에 잠자리에서 일어나면 현기증이 일었다. 머리와 몸이 따로 노는 기분이 들었다. 불편한 심기가 얼굴에도 확연히 드러났다.

모든 게 싫어졌다. 누구보다 다 바르카 의사가 눈에 거슬렸다. 그의 자세가 그랬다. 그의 차분함이 그랬고, 그의 미소가 그랬다.

강철인간은 화가의 부재를 놓치지 않고 에르발을 부추겼다. 다 바르카를 향한 증오심에 불타는 에르발도 강철인간이 필요했다.

에르발은 다 바르카의 동정을 보고했다. 이미 오래된 일까지 낱낱이 일러바쳤다.

다 바르카는 라디오 수신기를 갖고 있었다. 의무실에 반입되는 약통 속에 넣어 몰래 들여온 부품들을 조립하고, 안테나는 병원용 침대의 철제 매트리스에 설치했다. 수감자들 사이의 내부조직은 라디오 청취 시간을 조절하거나 의무실을 분주하게 만들어 간수들의 시선을 다른 곳으로 돌렸다. 간수가 이어폰을 들이대자 의사는 딴전을 피우며 청진기라고 말했다. 그러나 간수 에르발은 바보가 아니었다.

그는 그 사안에만 그치지 않고 더 심각한 내용을 보고했다. 다 바르카 의사가 일부 환자들에게 마약을 투여한다는 것이었다.

그날 밤에 아파 죽겠다는 놈을 의무실로 데려갔습니다. 에르발이 교도소장에게 말했다. 오른쪽 다리에 톱질을 해 댄다며 비명을 지르더군요. 비케이라라는 자인데, 실제로는 오른쪽 다리가 없었습니다. 몇 달 전에 괴저병으로 절단을 했거든요. 소장님, 교도소 정면을 도색하다가 그 길로 탈주했던 자들을 기억하실 겁니다. 그날 제가 그놈 발목에 총알을 박아주었는데, 복사뼈가 완전히 박살이 났거든요. 그래서 제가 그랬지요. 아픈 다리가 왼쪽 다리가 아니냐고. 그랬더니 아니라는 겁니다. 아픈 곳은 오른쪽 다리라면서, 손톱이 살에 박히도록 무릎을 붙잡고선 소리를 지르는 겁니다. 물론 놈의 다리에는 나무 발이 달려 있습니다. 작업장에서 호두나무로 제작한 건데, 나무로 만들다 보니 절단 부위와 딱 들어맞지 않았던 겁니다. 그런데 제가 놈의 나무 발을 벗기자 욕을 퍼부으면서 그러는 겁니다. 그게 자기 발이라고, 복사뼈에 총알이 박힌 발이라고. 그래서 놈을 의무실로 데려갔더니 다 바르카 의사 놈이 심각한 표정을 지으며 그러더군요. 아픈 곳이 오른쪽 발목이 맞다고, 박힌 총알이 아프게 하는 거라고. 전 어이가 없었습니다. 한 편의 연극을 보는 기분이랄까. 그런데 다 바르카가 이제 안 아플 거라면서 주사를 놓더군요. 바로 문제의 주사를 말입니다. 제가 두 눈으로 똑똑히 지켜보고 있는 데서 말입니다. 진정해요, 비케이라, 이건 모르페우스의 꿈일 뿐이오. 아, 그런데 의사 말대로 놈이 차분해지면서 행복한 표정을 짓더군요. 눈을 뜬 상태에서 꿈을 꾸는 것처럼. 그래서 제가 의사한테 물었습니다. 어찌된 일이냐고. 하지만 오만불손한 의사 놈은 대답조차 안 했습니다. 그래서 다른 사람들한테 물었더니 비케이라가 환상통(幻想痛)에 시달린다는 겁니다.

그게 다야? 소장이 이맛살을 찌푸리며 물었다.

소장님, 역사는 역시 반복되더군요. 에르발이 자신에 찬 어조로 대답했다. 결국 저는 그놈들이 솔란스 의사의 캐비닛에서 모르핀을 빼낸다는 사실을 알아내고 말았습니다.

그 캐비닛이 부서졌다는 보고를 받은 적이 없는데…….

소장님, 이 교도소 안에는 이쑤시개 하나로 금고를 열수 있는 놈들이 열 명이 넘습니다. 소장님은 이 기회를 통해 안전에 만전을 기해야 합니다. 문제는 놈들이 소장님이나 저보다는 다 바르카 의사에게 필요한 놈들이라는 점입니다. 에르발은 그 대목에서 크라프트지로 만든 꾸러미를 테이블 위에 조심스럽게 내려놓았다. 소장님, 이건 쓰고 남은 앰풀입니다. 의무실에서 내다버린 폐품에서 수거한 것인데, 거기에다 모르핀을 담아두었던 게 아닐까, 저는 그게 몹시 걱정스럽습니다.

교도소장은 그제야 자신이 해야 할 일이 무엇인지를 깨달은 사람처럼 자기 앞에 서 있는, 누구보다 직무에 충실한 부하를 유심히 바라보았다. 동시에 꼬리에다 깡통을 줄줄이 매달고 다니며 통제할 수 없는 소동을 일으키는 한 마리 개를 떠올렸다.

하지만 솔란스 의사한텐 아무런 얘기도 없었단 말일세.

아닙니다, 소장님, 솔란스도 알고 있을 겁니다. 에르발이 상관을 똑바로 바라보며 말했다.

알겠네, 하사. 내 자네 근성을 높이 사야겠군. 교도소장은 그렇게 말하고 자리에서 일어났다. 대화가 끝났다는 뜻이었다. 어쨌든 이번 일은 내가 알아서 처리하도록 하지.

에르발은 그 사안에 대해 처음부터 끝까지 관심을 기울였다. 결국 라디오 반입 사건으로 다 바르카 의사는 일정한 기간을 독방에서 보냈다. 면회나 접견이 일체 불허되었다. 솔란스 의사는 일정 기간 감봉 조처를, 에르발은 하사 진급 사령장을 받았다.

에르발은 날이 갈수록 표독해졌다. 툭하면 수감자들을

상대로 분노를 표출하거나 고의적인 악행을 저질렀다. 그 때문에 수감자들에게서 증오의 대상으로 변했다. 하루는 나이 어린 벤투라를 노리갯감으로 삼기도 했다. 이봐, 벤투라. 오늘 오후에 감시탑에 올라가 봐. 젖꼭지가 아르수아 치즈처럼 생긴 어린 창녀가 들어왔는데, 내가 가르쳐주는 신호를 보내면 그 계집애가 모든 걸 다 보여줄 거야. 하지만 감시탑에 올라가는 건 금지되어 있잖아요. 벤투라가 미심쩍은 표정을 지으며 머뭇거렸다. 그건 걱정 마. 에르발이 말했다. 내가 모른 척해줄 테니까.

벤투라는 어부 출신이었다. 군부 쿠데타가 일어났을 때 코루냐 만에서 뿔고동을 불어대던 그는 총상을 입었는데, 누군가가 일부러 겨냥한 것처럼 하필이면 총알이 팔뚝에 새겨진 화려한 인어 문신을 관통했다. 그 바람에 팔뚝에는 기이하게 변한 흉터만 남아 있었다.

벤투라는 감시탑 위로 올라갔다. 간수 말대로 교도소 마당에는 한 여자가 담장에 기대어 웅크리고 있었다. 벤투라가 휘파람을 불자 모피 외투를 입은 여자가 간신히 몸을 일으키더니 죽마를 신고 걷듯 뒤뚱뒤뚱 걸어서 마당 한복판으로 나왔다. 모피 외투에 긴 청색 부츠 차림이었다. 그녀는 감시탑을 올려다보았다. 한 번도 본 적이 없는 야릇한 눈빛이었다. 금발이었다. 볼이 쏙 들어간 창백한 얼굴에

푹 꺼진 눈자위가 바다거북 색깔이었다. 그러더니 갑자기 외투를 확 열어 보였다. 순식간의 일이었다. 알몸이었다. 장터의 허술한 탈의실에서 가끔 목격하던 장면이었다. 비쩍 마른 젖가슴, 가슴까지 흘러내린 머리칼, 그리고 음부까지. 그때였다. 다그치는 에르발의 고함소리를 들은 것은. 야, 인마, 여기서 뭐하는 거야? 여긴 금지구역이란 거 몰라?

당신은 변태야.

하, 하, 하.

다 바르카를 향한 증오심 역시 날이 갈수록 심해졌다. 날마다 의사가 갇혀 있는 독방을 찾아가 쪽창을 통해 저주가 잔뜩 섞인 침을 뱉었다. 하루는 악몽을 꾸다가 잠에서 벌떡 깨어났다. 가슴이 답답하고 숨이 막혔다. 깜짝 놀란 보초가 그를 발견하고 다 바르카 의사를 찾으러 독방으로 뛰어갔다. 그러나 문 옆에 기댄 채 할딱거리던 에르발은 의사가 나오기도 전에 혼자서 마당으로 걸어 나갔다. 한참을 헉헉대다가 화가의 목소리를 듣고서야 기적 같은 안도감을 느꼈다.

젠장, 어디 처박혀 있었던 거요? 에르발이 반가움을 감추며 지나가듯 물었다. 아들놈은 만났어요?

아니, 못 만났어. 하지만 소식은 들었는데, 살아 있다더군.

내가 진작 얘기했잖아요. 당신은 날 믿어야 돼.

자네를 믿으라고? 화가가 비꼬았다.

이봐요, 화가 양반. 한 가지만 대답해줘요. 혹시 환상통이라는 통증에 대해 알고 있어요?

알 것도 같군. 다니엘 다 바르카 의사가 설명해줬거든. 자선병원에서 환상통을 연구한 적이 있었대. 모든 통증 중에서도 가장 지독한 통증, 도저히 참을 수 없는 통증, 자신이 겪은 통증에 대한 아픈 기억에서 나오는 통증이라더군. 헌데 그건 왜 묻나?

아니오, 아무것도.

15

마리사 마요는 삼나무를 바라다보다가 그 나무의 시선
이 자신을 무겁게 짓누르는 느낌을 받았다. 할아버지의 대
저택에 심어진 삼나무는 울창한 숲과 하늘을 찌를 듯한
장엄한 자태로 그 일대를 호령하고 있었다.

늘 그랬듯 누구보다도 개들이 그녀를 반겼다. 그녀의 체
취를 기억하며 흡사 아름다운 정복자를 알현하듯 그녀의
주위를 돌며 뛰어다녔다. 그러나 그녀는 별다른 감흥을 느
끼지 못했다. 그런 그녀에게 장중한 삼나무가 이렇게 말하
는 것 같았다.

에이, 아가씨. 왜 이제야 돌아오는 거야?

하얀 돌이 깔린 오솔길, 그 길 양옆에 피어 있는 꽃나
무들 역시 그녀의 안부를 캐묻는 것 같았다. 동백나무가

그녀의 팔꿈치를 건드리고, 목련이 그녀에게 투덜거렸다.

어찌 보면 그곳은 그녀만의 공간이었다. 놀이터였다. 한 때는 숨바꼭질을 하던 곳이었다. 그곳에서 할아버지는 풍성한 음식을 내놓는, 프론테라 지방의 전통적이고 이국적인 축제를 벌이곤 했다. 그녀는 지난날을, 손녀를 위해 축제를 열던 할아버지를 떠올리며 쓸쓸한 웃음을 흘렸다.

축제 때면 포도 시렁 밑에 연회석이 차려졌다. 하얀 식탁보를 씌운 연회석은 정원 양쪽 끝까지 길게 늘어서 있었다. 그날 축제는 각별했다. 베니토 마요는 금발의 손녀를 곁에 앉히고서 흐뭇한 미소를 지었다. 젊음과 아름다움이 어우러진 꽃봉오리 같았다. 그는 그 일대의 살아 있는 권력들로 불리는 유력인사들을 불러 모았다. 생전 처음 있는 일이었다. 그 자리에는 평소 그를 경멸하던 명문가의 인사들이 참석했다. 주교와 신부들은 물론이고, 언젠가 미사에서 그에게 죄인들의 우두머리라고 질타하던 성직자도, 국경 수비대 지휘관들도 함께했다. 겁 없이 무모한 짓을 일삼던 베니토 마요에게 독수리가 그의 눈을 파먹도록 다리에다 거꾸로 매달고 말겠다고 호언하던 자들이었다. 그러나 현실은 변한 게 없었다. 모든 게 똑같았다. 가치도 똑같고, 법도 똑같고, 하느님도 똑같았다. 베니토 마요는 여전히 국경을 넘나들고 있었다. 그는 밀수로 부자가 되었다. 커피도,

기름도, 대구도 다루었다. 거기서 그치지 않았다. 사람들이 생각하는 것보다 더 많은 일을 해치웠다. 밤낮 없이 크랭크 축을 돌려 빼내는 전선줄과 거기서 나오는 엄청난 양의 구리, 짐승들의 내장에 넣어 몰래 들여온 보석들, 만삭으로 위장시킨 여자들의 몸에 칭칭 감겨서 들여온 비단, 관 속에 넣어 밀반입한 무기들은 실로 엄청난 부를 안겨주었다.

베니토 마요는 거부가 되었다. 어떻게 거부가 되었는지 사람들이 감히 물어볼 엄두를 내지 못할 인물로 변했다. 스스로를 전설적인 인물로 만들어나갔다. 그는 코루냐의 전통적인 카우보이 풍의 옷을 입었다. 가죽 시트를 씌운 포드 차를 구입해서 암컷들의 보금자리로 만들었다. 황금으로 만든 수도꼭지를 화장실에 설치하고, 양배추로 밑을 닦았다. 애인들에게는 위조지폐를 뿌렸다.

그러던 베니토 마요에게 어떤 변화가 생겼다. 거대한 삼나무가 위용을 자랑하는 대저택을 구입한 뒤였다. 삼나무를 가진 자가 시장 직을 차지했다는 말이 떠돌았다. 실제로 그가 신임하는 변호사들 중 하나가 프리모 데 리베라 (알폰소 13세 치세하인 1923년 쿠데타에 성공하여 정권을 장악하고 1930년까지 독재자로 군림했던 군부 출신의 정치가.—옮긴이)시대에 시장이 되었다. 그렇다고 그가 국경 지방의 보이지 않는 왕국을 포기한 것은 아니었다. 밤낮 없이 탄탄한 직물을 짜

듯이 자신의 왕국을 확장해나갔다. 양탄자가 깔린 살롱에서 고위 관리와 판사들을 부지런히 만나는 한편, 밤에는 챙이 넓은 모자를 쓰고 미뇨의 선창가에서 그를 만나고 싶어하는 이들에게 자신이 왕이라는 사실을 확인했다. 그런 날에는 선술집에서 바닥에 가래침을 뱉어가며 자신이 해치운 일을 자축했다. 내가 요 몇 달 뉴욕에 가 있었다는 거, 알고들 있나? 42번가에서 이 옷도 사고, 주유소도 하나 사들였지. 수하들은 그의 허풍 앞에서 알랑거렸다. 잘하셨습니다, 회장님. 알 카포네처럼 멋지게 해치우셨군요. 그가 웃고, 그들이 웃었다. 그러나 그는 기분이 좋다가도 느닷없이 돌변했다. 자네들이 말하는 알 카포네는 범죄자지만, 난 아니야. 그의 눈이 용광로처럼 이글이글 타올랐다. 아, 물론입니다, 돈 베니토. 웃자고 한 농담이었는데, 부디 용서하십시오.

베니토 마요는 겨우 글을 읽었다. 나는 가방끈이 짧은 사람이야. 그러나 그러한 고백은 오히려 상대방에겐 경고처럼 들렸다. 그의 위치가 올라갈수록 입지는 더욱 강고해졌다. 그는 자신의 소유권과 관계된 문서만큼은 꼭 챙겼다. 문서 내용을 해독하듯, 성경 구절을 들여다보듯 한 글자 한 글자를 또박또박 큰 소리로 읽었다. 자신의 무지가 드러나는 것은 개의치 않았다. 그러고는 마지막에 잉크 스탬프로 자신의 서명을 대신했다.

　베니토 마요가 프론테이라의 대저택을 구입한 데는 사연이 있었다. 그는 소유주를 끈질기게 설득해야 했다. 소유주는 마드리드에 거주하면서 여름휴가와 크리스마스에만 대저택에 머물렀다. 그들은 마드리드로 떠나던 마지막 크리스마스에 베들레헴을 대저택의 무대에 올렸다. 교구의 가난한 아이들은 문지기 역할을, 성모마리아와 요셉은 자식들 두 명이 맡았다. 그들은 무대의 마지막에 초콜릿과 말린 무화과를 선물로 나누어 주었다. 베니토 마요도 어린 시절에 모피 조끼를 걸치고 자루를 맨 목동 차림으로 아기예수 앞에 양을 제물로 바치는 역을 맡은 적이 있었다. 요람에 누워 있는 아기예수가 대저택의 주인인 루이스 펠리페와 하녀 사이에서 태어난 사생아라는 흉흉한 소문이 돌았다. 베니토 마요 역시 서자였다. 그의 친부는 폭죽을 다루던 인물로, 어느 축제 전야제에서 설레발을 떨다가 칼에 맞아 죽었다. 세월이 흘러 청년이 되고, 어둠의 세계에서 한창 악명을 떨칠 무렵, 술에 취한 베니토 마요는 연회가 벌어지던 대저택으로 들이닥쳐 무차별한 총격을 가했다. 그리고 어둠 속으로 사라지기 전 마음속에 차곡차곡 쌓아 두었던 회한과 절규를 토해냈다.

　우리 아버지가 죽었던 저 빌어먹을 전야제를 다 쓸어버

리고 말 거야!

대저택 예배당의 베들레헴 무대에서 어린 목동 역할을 맡은 베니토 마요는 아기예수의 요람 앞에 양을 내려놓은 다음, 관객들 앞으로 다가가 크리스마스캐럴 대신 간밤에 어머니가 가르쳐주었던 민요 한 구절을 조심스럽게 불렀다.

크리스마스 선물을 주세요.

아주 작은 거라도 좋아요.

베이컨 한 조각이라도 좋아요,

반 조각만 더 주면 더 좋고요,

무대를 바라보며 잠자코 입을 다물고 있던 대저택의 주인과 손님들이 웃기 시작했다. 폭소가 터졌다. 어린 베니토 마요는 눈물을 훔치는 그들을 보았다. 그들은 웃으면서 울고 있었다. 어린 베니토의 눈이 초롱초롱 빛났다. 그 자리가 어두운 밤이었으면 굶주린 살쾡이 눈처럼 번득였을 눈빛이었다.

베니토 마요가 소유주를 설득시키고자 마드리드로 보냈던 대리인들은 번번이 실패하고 돌아왔다. 계란으로 바위를 치는 격이었다. 그들은 집안이 몰락하고 있는데도 완강히 버티며 대리인들이 찾아갈 때마다 새로운 조건을 제시했다. 대리인들의 중개가 무용지물인 것처럼 보였다. 하루는 베니토 마요가 운전사를 불러 여행 준비를 지시했다. 운전사는 그의 지시에 따라 훈제한 생선을 담는 원통 두 개를 차에 실었다. 주인을 뵈러 왔소. 마드리드에 나타난 베니토 마요가 집사에게 말했다. 베니토 마요가 왔다고 전해주시오. 그들은 베니토 마요가 살롱으로 들어가는 것을 허락했다. 베니토 마요는 주인의 가족들이 모여 있는 자리에서 격식을 생략한 채 원통 하나를 열었다. 원통 속에는 빳빳한 지폐가 말끔히 손질된 청어처럼 원을 그리며 차곡차곡 담겨 있었다. 다들 군침을 흘렸다. 보다시피 때깔도 좋고, 냄새도 좋습니다. 먹어 봐도 좋고, 씹어 봐도 좋습니다. 훈제한 생선 맛이 날 겁니다. 이어 이렇게 덧붙였다. 얼마든지 세어 봐도 좋으니, 차분하게 결정하세요. 그러고는 자신의 회중시계를 들여다보았다. 나는 복권이나 사러 갈 생각입니다. 결정이 나면 믿을 만한 공증인을 부르시지요. 그러나 대저택의 소유주는 경멸 어린 미소를 흘렸다. 안주인은 차오르는 가슴을 쓸어내리며 침묵했고, 아들과 딸은 아버지의 눈치를 살폈다. 다들 치욕적인 자리에 초대받은 사람들처럼 목을 축 늘어뜨렸다.

자, 됐습니까? 베니토 마요가 물었다.

우린 당신의 관심을 존중하지만, 너무 서두르는 감도 없지 않군요. 소유주인 루이스 펠리페가 입을 열었다. 마요 씨, 돈이 전부는 아니오. 세상에는 돈으로 가질 수 없는 감성적인 가치를 지닌 것도 있소.

서재 같은 거요. 그의 딸이 토를 달았다.

그렇지. 예를 들어 서재만 해도 그래요. 서재는 갈리시아 지방에서 최고의 서재로, 그 가치는 돈으로 헤아릴 수 없소.

알겠습니다. 베니토 마요는 그렇게 대답하고 운전사를 불렀다. 코우토, 다른 통을 가져오도록 해.

베니토 마요가 대저택의 살롱과 긴 복도가 나 있는 서재를 대대적으로 수리한 것은 그로부터 여러 해가 흐른 뒤였다. 무엇보다도 방문객들의 반응에 고무되었는데, 하나같이 서재에 꽂힌 고서들을 쓱 살펴보며 감탄사를 내뱉곤 했다.

경이롭군요. 이 책은 보물이나 다름없습니다.

알고 있소. 그때마다 그는 자랑스럽게 대답했다. 이 서재는 돈으로 계산할 수가 없거든.

마니토 마요는 서재 일부를 개인 집무실로 이용했다. 집무용 책상 뒤쪽은 대리석으로 장정한 것처럼 보이는 원색 대백과사전이 대칭을 이루며 꽂혀 있는데, 그 방대한 책들은 왕릉 같은 분위기를 자아냈다. 그러나 그가 자랑하는 서재에 한 가지 못마땅한 게 있었다. 책상 우측으로, 그의 눈높이와 평형을 이루고 있는 선반에 꽂힌, 높낮이가 다르거나 장정이 안 된 책들이었다. 그 서가 바로 위쪽에는 목판에 이런 글씨가 새겨져 있었다.

'시(詩).'

하루는 그가 그 서가로 다가갔다가 책상으로 돌아와 의자에 앉았다. 그의 손에는 책이 한 권 쥐어져 있었다. 마르셀리노 메넨데스 펠라요(에스파냐 산탄데르 출신의 석학이자 사상가이며 정치가.―옮긴이)의 『에스파냐 시 100선』. 그날 이후 그는 날마다 짬짬이 시간을 내어 시집을 들여다보았다. 책장이 펼쳐진 시집을 무릎 위에 내려놓은 채 천장에 달린 프로젝터를 통해 영화를 보거나 눈을 감은 채 상념에 빠졌다. 그에게 서재는 오로지 자신만을 위한 공간이었고, 그 시간은 오로지 자신만을 위한 시간이었다. 아무도 방해할 수 없었다. 하인들은 오래된 관행처럼 그의 지시를 따랐다. 주인님은 독서 중입니다.

노인의 광적인 기호는 항상 신성시되어왔기에 느닷없는 변화를 염려하는 사람은 아무도 없었다. 사람들은 오히려 노인 특유의 노기를 누그러뜨린 새로운 취미를 고무적으로 받아들였다. 그러던 어느 날, 식탁에서 노인이 '아버지에게 바치는 호르헤 만리케의 노래' 일부를 암송했다. 다들 어안이 벙벙해졌다. 특히 아내인 레오노르는 감동에 젖어들었다. 순간 그는 자신이 미처 모르고 있었던 인간 승리의 진면목이 무엇인지를, 자신의 실용적인 감각들이란 게 삶에 대한 자연의 질서 속에 녹아들어 있다는 것을, 나아가 그것들이 거짓이란 사실을 깨달았다.

손녀 마리사를 위한 연회가 끝나가고 있었다. 후식이 나오는 시간에 베니토 마요가 몸을 일으켰다. 그는 포크로 컵을 두드리며 좌중의 입을 다물게 했다. 사람들은, 특히 가족들은 이상한 생각이 들었다. 연회 전날 밤, 가족들은 서재에 틀어박힌 노인이 혼자 중얼거리는 소리를, 다양한 책들을 가져오도록 지시하는 말을 들었던 것이다. 평소 노인은 연설을 경멸했다. 그에게 연설은 바람에 날려 보내는 공허한 말일 뿐이었다. 여러분, 오늘은 내 가슴에서 나오는 무엇인가를 얘기하고 싶소. 노인이 말했다. 영혼의 샘에서 솟아나는 물이라고나 할까요. 여러분, 이 얼마나 좋은 기회입니까! 노스텔지어가, 생명의 봄이, 봉오리를 터트리는 꽃이, 달콤한 큐피드의 화살이 이 파티에서 우리를 축하하고 있습니다.

그때 좌중에서 마른기침 소리가 들렸다. 노인은 눈을 부라리며 다시 입을 열었다.

나는 여기 모인 많은 분이 내가 하는 말을 이상하게 생각한다는 걸 알고 있습니다. 당연합니다. 하물며 내 자신조차도 요 근래 들어 가장 감상적인 느낌들을 야기할 이런 식의 잡담에서 자유롭지 못하니까요. 하지만 친구 여러분, 살다 보면, 어떤 이야기를 하기 위해서 자신의 삶을 잠시 정지시켜야 할 경우가 있습니다.

그는 목소리와 눈길로, 마치 두 갈래 오솔길이 하나로 겹쳐질 때까지 끈질기게 따라붙게 하듯 사람들의 눈과 귀를 자신에게 주목하게 했다. 나는 연설이 두렵지 않습니다. 내가 두려워하는 것은 먹느냐 먹히느냐, 그것이었습니다. 그게 문제였습니다. 나는 항상 그 원칙을 고수해왔습니다. 그러나 이제 나는 겸허하게 말할 수 있습니다. 나는 불행한 운명이 나한테 노정했던 것보다 더 많은 것을 남길 수 있다고. 하지만 여러분, 인간은 빵만으로는 살 수 없습니다. 우리 인간은 영혼도 경작해야 합니다.

영혼을 경작하는 것, 그것이 바로 문화입니다.

그는 장광설을 늘어놓는 것과 동시에 살기등등한 눈길로 좌중을 주시하고 참석자들이 마지못해 흡족한 표정을 짓게 했다.

문화입니다, 여러분! 그리고 문화 속에는 예술의 지존이 존재하고 있으니, 그게 바로 시입니다. 요 근래 나는 신중하고 겸허한 자세로 나 혼자만의 불면의 밤을 보내면서 문화에 몰두했습니다. 휴경지에 씨앗을 뿌렸습니다. 우리 모두는 자신의 마음속에 짐승을 키우고 있지만, 끊임없는 무두질로 단련이 되었기에 자기 영혼의 소리를 들으면 감동을 받게 됩니다. 마치 어린아이가 다락방에서 음악상자를 듣는 것과 하나도 다를 바 없습니다.

그 대목에서 그는 물 한 모금을 입술에 적시며 자신의 말을 듣고 있는 좌중의 뇌리에 짐승의 이미지와 밤새 상념의 밤을 쫓는 어린아이의 이미지가 떠오를 것을 상상했다. 그러고는 흡족한 표정을 지었다. 한편 좌중은 그의 연설에 넋이 빠져 있는 것 같았지만, 사실은 살기등등한 눈길 앞에 잔뜩 겁을 먹은 채 과연 그의 장중설이 어떻게 끝을 맺을지, 대체 그 의도가 무엇인지 감을 잡지 못했다.

자, 이제 본론으로 들어갈 적절한 시점입니다. 내가 서두에 장황한 말을 늘어놓은 것은 지금부터 시작될 내 이야기에 여러분이 깜짝 놀라지 않도록 신경 썼기 때문입니다. 여러분, 나는 첫발을 내딛는 게 몹시 힘들었지만, 그래도 무모한 도전을 해볼 가치가 있다고 생각했습니다. 그리고 그 결과가 바로 여기, 내 시에 있습니다. 나는 내 시들이 여러분의 자비를 구할 거라고 믿습니다. 여러분은 나 같은 초심자의 열성이 여전히 부족한 습작을 대신할 수 없단

걸 감안해줄 테니 말입니다.

첫 번째 시는 우리 선배와 선조들에 대한 경의로 지어
진 것입니다.

그 부분에서 그는 감격에 겨운 나머지 멈칫했지만, 곧바
로 땅딸막한 자신의 본 모습을 되찾으며 시인의 기백을 살
려 낭송을 시작했다.

　　우리네 삶은

　　바다로 흘러가는 강물,

　　죽는다는 것은……

농담이 결국 끝을 보고 말았군. 좌중의 일부는 그렇게
생각했다. 그들은 베니토 마요의 입에서 흘러나온 호르헤
만리케(15세기 에스파냐의 시인.—옮긴이)의 민요에 대해 적당
히 대처할 반응을 구하지 못한 채 일단은 억지웃음을 터
뜨리며 박수를 치면서도 살기등등한 그의 눈길 앞에서 낭
송이 끝날 때까지 가슴을 쓸어내려야 했다.

자, 이제 나를 몹시 힘들게 만들었던 시로 넘어갑시다.
말투에서 폭군 네로의 분위기가 잔뜩 묻어나왔다. 나는
이 시를 짓기 위해 오후 내내 애를 먹었습니다. 특히 콰르
테토(11음절 4행시.—옮긴이)의 첫 행을 끄집어낼 때는 다이아

몬드 원석을 다루는 기분이 들더군요.

한 편의 소네트가 나에게 비올란테(로페 데 베가가 자신의
희곡을 바탕으로 지어낸 여성의 이름.—옮긴이) 역할을 강요
하느니,
살면서 이렇게 골치 아픈 일이 생길 줄이야……

아무도 웃지 않았다. 로페 데 베가(에스파냐 황금세기의 극
작가이자 시인.—옮긴이)조차 웃지 않았을 것이다. 잠시 술렁
임이 일기도 했지만, 그가 살기등등한 경고의 눈짓으로 무
산시켰던 웃음은 더 이상 없었다. 이윽고 박수가 터져 나
왔다. 전쟁 같은 살벌한 분위기에서 어쩔 수 없이 치는 박
수였다.

그럼 마지막으로, 젊음에 바치는 시로 들어갑시다. 이
시는 특별한 사람을 위해, 우리를 여기 모이게 한 내 손
녀 마리사에게 바칠까 합니다. 과연 무엇이 우리를 젊음
으로 되돌아가도록 해주겠습니까? 우리는 때때로 반란을
꿈꾸는 젊은이들을 경고하지만, 그들의 반란은, 낭만적인
영혼을 소유한 그들에게는 자연스러운 겁니다. 나는 여러
분을 생각하면서, 젊은이들을 생각하면서 자유의 화신이
었던 어떤 인물을 상상했는데, 그 결과 이런 해적의 노래

가 떠오르더군요.

　　좌우 현에 열 개의 포가 달린,

　　뒷바람을 받으며 쏜살같이 나아가는,

　　바다를 가로지르는 게 아니라 허공을 나는

　　쌍돛대 범선……

　　환호성과 갈채가 쏟아졌다. 돈 베니토, 그는 시인이었다.
그는 비아냥거리는 그들의 찬사에 아랑곳하지 않고 미래
를 위해 건배했다. 코냑 한 모금을 마셨다. 그리고 말했다.
자, 이제 마음껏 즐기도록 하시오. 그렇게 말하고 연회석을
빠져나가 대저택의 호젓한 공간에 혼자 처박혔다. 온종일.
　　밤이 깊은 시간이었다. 마리사는 여전히 심란한 기분으
로 할아버지를 찾았다. 베니토 마요는 깜빡 잠이 들어 있
었다. 취해 있었다. 탁자 위에 약술을 담은 병이 놓여 있었
다. 빈 병이었다. 빈 병 속에는 누런 겨우살이풀이 남긴 앙
금과 그의 목소리가 남아 있었다.
　　애야, 봤지? 이게 바로 힘이란다!
　　공화국이 들어섰을 때 그녀의 영웅인 베니토 마요는 공
화파가 되었다. 그러나 공화국은 불과 몇 달밖에 가지 않
았다. 베니토 마요는 즉시 밀수업자로, 은행가로, 당시 지

중해의 마지막 해적으로 알려진 야심가 후안 마르츠로 변했다. 그는 평온한 표정으로 후안 마르츠에 대한, 근대에 알려진 가장 신랄한 이야기들 중 하나로 여겨지는 일화를 손녀에게 소개했다. 후안 마르츠도 그와 똑같은 인물이었다. 제대로 읽고 쓰지를 못했다. 그러나 숫자 계산만큼은 천부적이었다. 그의 천부적인 재능은 프리모 데 리베라의 귀에 들어갔다. 한번은 각료회의에서 데 리베라가 후안 마르츠를 가리키며 물었다. 돈 후안, 7 곱하기 7 곱하기 7 곱하기 7에 7을 더하면 얼마요? 마르츠는 지체 없이 대답했다. 2,408입니다, 장군님. 그러자 독재자가 재무성 장관에게 말했다. 장관, 장관도 이런 점을 배우도록 하시오!

1933년, 베니토 마요는 후안 마르츠에게 장물을 보냈다. 교도소장을 데리고 탈출하라는 메시지와 함께. 두 사람의 가문 문장에는 똑같은 모토가 박혀 있었다. 디네르스 오 디나르스(diners o dinars). 즉 먹느냐, 먹히느냐. 그들은 그 모토로 모든 것을 살 수 있다고 생각했다.

마리사는 다시 현실로 돌아왔다. 개들은 물러서지 않고 으르렁거리면서 그녀의 팔을 물고 늘어졌다. 짐승들 나름대로 무심한 옛 주인을 책망하는 몸짓이었다. 그러나 그녀는 짐승들이 아니라 포르투갈 출신 정원사에게 반가운 인사를 건넸다.

알리리오! 잘 있었어요?

불에 태운 낙엽이 피어 올리는 자욱한 연기 사이로 정원사가 팔을 들어 인사를 대신하고는 이내 자신이 하고 있던 일, 즉 숲의 향로를 태우는 일을 이어나갔다. 마리사는 프론테이라에서 은밀하게 떠돌던 소문을 알고 있었다. 알리리오는 그녀의 할아버지가 생계를 유지하기 위해 모시던 주인의 아들이었다. 할아버지는 그 주인 가문의 누군가가 자신을 섬길 때까지 포기하지 않았는데, 그 일은 은혜를 갚기 위한 것이 아니라 비뚤어진 앙갚음에서 비롯된 것이었다. 프론테이라의 불문율에 강 반대편 사람들의 시중을 드는 일보다 더 혹독한 상흔은 없었다. 그러나 알리리오는 개의치 않았다. 성벽 안의 세계에서 한결 자유로운 영혼처럼 지냈다. 사람들과 떨어져 혼자 살았고, 대저택 안에서는 해시계의 그림자처럼 소리 없이 움직였다. 어릴 때부터 마리사는 계절의 변화가 벙어리처럼 입을 꾹 다문 정원사 알리리오가 만들어내는 창작품의 일부라고 생각했다. 세상의 모든 색깔이 그의 손에서 빛을 밝혔다가 꺼졌다. 정원 어딘가에 뿌리와 나무와 숲을 밝히는 불쏘시개를 숨겨 놓은 것 같았다. 특히 노란색은 한 번도 꺼진 적이 없었다. 장미 울타리에는 겨울의 정령이 마지막 황금빛을 발하고 있었지만, 그 빛이 꺼지며 장례식 같은 분위기가 감

돌 때쯤이면 레몬이 익고, 레몬이 익을 때쯤이면 숲을 이
룬 미모사들 사이로 수천 개의 노란 촛불이 켜질 터였다.
주변의 산도 마찬가지였다. 그때쯤이면 금작화와 찔레나무
가 불똥을 일으키듯 피어나 개나리 줄기에 옮겨 붙고, 개
나리꽃이 떨어질 때쯤이면 수선화와 백합이 첫 꽃봉오리
를 피워 올릴 터였다. 황금비가 노란 광채를 발하는 봄이
찾아올 때까지. 이렇듯 자신만의 불쏘시개로 빛을 관리하
는 인물이 바로 알리리오였다.

실제로 베니토 마요가 대저택을 방문한 유명 인사들에
게 식물원을 보여주기 위해 앞장을 설 때면 알리리오는 성
당 관리인처럼 등 뒤로 양손을 깍지 긴 채 조심스럽게 그
들 뒤를 따랐다. 그리고 주인이 어떤 식물에 관심을 갖거
나 이름을 물으면 지체 없이 대답했다.

알리리오, 이 부관비야는 몇 살이나 먹었지?

이 등나무는 대저택과 나이가 똑같습니다.

마리사는 전혀 예상치 못한 상황에서도 식물의 상태를
감성적인 징후로 진단하는 그가 경이로웠다. 마치 허공에
다 처방전을 작성해놓은 것 같았다. 잎들이 창백해졌어요.
레몬나무가 외롭나 봅니다. 석남화가 호감을 품고 있군요.
아, 밤나무가 엇박자 숨을 쉬네요. 그가 말하는 밤나무는
마리사의 은신처였다. 그녀는 100년 묵은 밤나무 속에서,

아니 밤나무가 내어준 방에서 현창을 통해 세상을 엿보았다. 아무도 모르게. 그녀와 밤나무는 그들만의 비밀을 공유했다. 운전사 아저씨와 엔그라시아 숙모가 나타났어. 쉿.

마리사가 알리리오에 대해 이야기해주자 다 바르카는 명한 표정을 짓더니 이렇게 말했다. 그 정원사는 교수야! 현자라고! 그러더니 잠시 후에 이렇게 덧붙였다. 그 나무들은 알리리오의 창일 수밖에 없겠지. 그 친구는 당신한테 자기 이야기를 하는 거고.

마리사는 고개를 돌려 숲을 쳐다보았다. 알리리오는 보이지 않았다. 재가 피어 올리는 안개 속으로 사라지고 없었다.

베니토 마요가 돌계단 위에 모습을 드러냈다. 손녀를 맞이할 참이었다. 축 처진 노인의 어깨에 양팔이 매달려 있고, 긴 소매를 살짝 빠져나온 손은 마스티프(영국이 원산지인 초대형견.—옮긴이) 머리 모양의 손잡이가 달린 금속제 지팡이를 짚고 있었다. 노인의 표상인 매의 눈은 여전히 깊은 원한이 서려 있고, 동맥 경화에 맞서는 총기가 살아 있었다. 노인이 계단 밑으로 내려섰다.

도와드려요?

나 아직 안 죽었다.

노인이 장미원 쪽으로 걸음을 옮기면서 겨울 햇살이 저

주스러운 류머티스 관절염에 좋다고 말했다.

애야, 넌 여전히 예쁘구나. 늘 그렇듯이 말이다.

마리사는 마지막으로 할아버지를 보았던 때를 떠올렸다. 그녀가 날카로운 흉기로 자신의 손목을 그은 날이었다. 식구들은 욕실 문을 때려 부수었지만, 결국 노인은 그 일을 없었던 일로 마무리 지었다.

부탁이 있어서 왔어요.

거 좋지. 그게 내 전공 아니더냐.

전쟁이 끝난 지도 1년 반이나 지났어요. 들리는 얘기로, 크리스마스 특사가 있을 거라더군요.

노인이 발걸음을 멈추고 찬 공기를 들이마셨다. 겨울 해가 장중한 삼나무의 울창한 이파리들 위에서 빛을 털어내고 있었다. 엇박자 숨을 쉬고 있는 거야. 마리사가 눈으로 정원사가 피어 올리는 연기를 찾으며 생각했다.

애야, 더는 속이지 않으마. 이 할아비는 그 사람을 죽이려고 별짓을 다했단다. 이제 내가 너한테 해줄 수 있는 가장 큰 호의는 아무것도 안 하는 거겠지.

할아버지는 할아버지가 말씀하시는 것 이상을 할 수 있잖아요.

노인은 고개를 돌려 손녀를 똑바로 쳐다보았다. 그의 눈빛에는 노기 대신 도대체 강물에 비치는 낯선 얼굴이 누구일까 하는 호기심이 담겨 있었다. 네가 물을 휘저으면 그 얼굴은 네 손가락 사이를 빠져나가 붙잡을 수 없게 되는데, 그래도 그 얼굴은 네 앞에서 또 하나의 현실로 되살아나는 모양이구나. 정말 그렇게 생각하느냐? 넌 이 할아비랑 함께할 수 있었어.

마리사는 이렇게 말하고 싶었다. 할아버지는 사랑이라고 불리는 게 존재한다는 걸 언제쯤 아시게 될까요? 그리고 기억해보세요. 연회에서 할아버지가 시에 부여했던 정신착란증 같은 짓을 말예요. 그녀가 아는 할아버지는 프론테이라 지방 연보에 실릴 만한 에피소드를 갖고 있었다. 그중 하나는 그가 쿠임브라로 가고 있던 한 집시에게 서가의 일부를 차지하고 있던 마술에 관한 책들을 몽땅 내주고, 그 자리에 민법 법전을 채우도록 지시했던 것이다. 그러나 그녀는 입을 다물었다. 할아버지, 사랑은 존재해요.

사랑이라……. 노인은 짠 모래를 씹듯이 입을 우물거렸다. 그러고는 목청을 가다듬으며 컬컬한 목소리로 내뱉었다. 나로서는 더 이상 할 일이 없구나. 넌 네 길을 가거라. 그게 내가 해줄 수 있는 마지막 호의란다.

그녀는 더 따지지 않았다. 아니, 그녀가 원한 것이기도 했다. 프론테이라 지방의 법칙에 따르면 하나를 얻기 위해 열을 버리는 것이었다. 게다가 그의 말은 법이었다. 그의 말은 모두가, 다시 말해 그녀의 부모로부터 시작해서 그 가문의 모든 구성원이 어린 양처럼 순종해야 하는 약조였다. 일종의 가문 보증서였다. 페넬로페를 향한 더 이상의 음모는 없을 것이고, 더 이상의 구혼자는 없다는 뜻이었다. 넌 네 길을 가거라. 그의 말은 그녀의 입을 통해 이렇게 바뀔 참이었다. 난 수감 중인 그 사람과 결혼할 거예요.

그 사람하고 결혼할 거예요. 그녀가 말했다.

노인은 대꾸하지 않았다. 장엄한 삼나무를 힐끗 쳐다보더니 대저택 쪽으로 발걸음을 돌렸다. 산책이 끝났다는 뜻이었다.

개들이 으르렁거리는 소리가 들렸다. 때에 따라 경호를 겸하는 운전기사 코우토가 조심스럽게 노인에게 다가갔다.

용서하십시오, 어르신. 저기, 로살의 처가 와 있습니다. 리스본으로 무사히 피신한 모양입니다. 고맙다는 인사를 하러 왔답니다.

고맙다고? 관례대로 처리하고 돌아가라고 해!

마리사는 그 대화에 담긴 뜻을 알고 있었다. 관례는 보상이었다. 그녀의 할아버지는 승리자였다. 프론테이라에서 관례를 어기는 대가는 잔혹했다. 온몸에 총알구멍이 난 사체들을 모아둔 납골당 행이었다. 그들의 관례는 지나치게 실용적이었다. 그녀의 할아버지 또한 지나치게 실용적인 인물이었다.

　내일모레 기차가 있을게다. 노인이 툭 내뱉었다. 코루냐
를 떠나는 특별 열차다. 그 의사도 함께 가게 되겠지.

16

코루냐 역에 걸린 시계는 항상 똑같은 시각을 가리키고 있었다. 10시 5분 전. 신문팔이 소년은 시계를 쳐다볼 때마다 암탉의 날개를 떠올리며 저 분침도 언젠가는 자신의 무게를 견디지 못한 채 툭 떨어질지 모른다는 불길한 생각에 사로잡혔다. 그리고 마음속으로 시계가 옳은 거라고, 저렇게 고장이 난 것은 현실을 나타내는 거라고 생각했다. 또한 자기 자신도 어느 순간 영원히 멈춰버렸으면, 기왕이면 10시 5분 전이 아니라 네 시간 전, 그러니까 에이리스에 있는 오두막집에서 아버지가 자기를 깨우는, 바로 그 시각이었으면 좋겠다고 생각했다. 사시사철 짙은 안개가 온 마을을 휘감는 곳, 지붕을 뒤틀고 벽을 갈라놓는 눅눅한 습기에 마을의 집들이 서서히 허물어지는 곳이 에이리스였다. 소년은 자기 집이 굴뚝으로 스며든 거대한 안개의 촉수에 걸려들어, 지붕에 찰싹 달라붙은 안개의 몸뚱이에 눌려 밤새 쪼그라들었다가 아침에 눈을 뜨면 회색빛 행성에서 본 동그란 분화구 같은 흔적만 남긴 채 감쪽같이 사라질 거라고 확신했다. 소년의 아침은 분주했다. 집을 나서면 시내를 가로질러 포르타 레알까지 가야 했다. 그곳에서 할당된 〈라 보스 델 갈리시아('갈리시아의 목소리'라는 뜻.—옮긴이)〉지의 부수를 챙겼다. 소년은 신문을 들고 뛰기 시작했다. 요즘 같은 겨울철에는 발이 얼지 않도록 발바닥에 불이 나도록 뛰었다. 아버지가 자동차 바퀴 조각으로 만들어 준 신발을 신고 뽀얀 안개 속에서 길을 트기 위해 입으로 런런런 런런런 소리를 내며 뛰고 또 뛰었다.

마드리드발 특급열차는 항상 연착했다. 소년은 기차가 날마다 두 시간 이상 늦게 도착하는 데도 사람들이 왜 연착이라고 부르는지 그 이유를 알 수 없었다. 그래도 택시 기사들과 짐꾼들은 두 시간 전에 미리 나와 기다렸고, 그때마다 베툰 영감은 대수롭지 않게 말했다. 보아하니 연착될 모양이로구나. 아무리 생각해도 다들 정시에 대한 오류에 빠져 있었다. 만일 그들이 현실의 시간을 받아들이면 소년은 조금 더 잘 수 있을 것이고, 안개 속을 헤쳐 나가기 위해 입으로 환상적인 경보기 소리를 내면서 뛰지 않아도 될 것이었다.

베툰 영감은 이렇게 말했다.

물론이지. 하지만 정시에 도착하면 그땐 어떡할 거야? 야, 대갈장군. 넌 네 자신이 항상 그렇게 정확하다고 생각하는 거냐?

사실 소년은 담배를 팔고 싶었다. 그러나 담배는 베툰 영감의 몫이었다. 구두닦이 출신인 노인은 담배뿐만 아니라 모든 것을 팔았다. 그의 외투는 아무도 예견할 수 없는 물건들이 저장된 위대한 창고였다. 노인은 한여름에도 외투 차림을 고수했다. 그러나 소년은 신문만 팔았다. 소년은 날마다 생각했다. 오늘 운이 좋으면 사람들은 신문을 사줄 거라고. 가판대만 없으면 고함을 지르지 않아도 되고, 뛰어다니지 않아도 될 거라고. 일이 끝나는 대로 호주머니에 손을 찔러 넣은 채 산책도 하고, 가게에서 시원한 탄산음료수도 마실 수 있을 거라고.

그러나 오늘은 신문이 팔리지 않았다. 줄을 지어 걸어가는 승객들은 신문을 거들떠보지도 않았다. 딱 한 사람, 키가 크고, 타이를 매지 않은 양복 차림에 모서리가 닳아 해어진 낡은 여행용 가방을 들고 가는 사내가 첫 면에 나온 굵은 활자를 주시했다. '히틀러와 프랑코의 회담.' 사내는 저만치 멀어지면서도 그 기사의 제목과 부제에서 눈을 떼지 않았다. '히틀러 총통, 오늘 에스파냐와 프랑스 국경 지대에서 에스파냐 국가수반 프랑코와 회담. 양 국가 간의 우정을 확인하는 화기애애한 분위기.' 만일 그 사내가 신문을 샀으면 공식 에이전시 '에페(1939년에 설립된 에스파냐 통신사.—옮긴이)'의 논평을 읽었을 것이다. '탁월한 통수권자인 총통은 히틀러 총통과의 역사적인 회담을 통해 유럽과 전 세계 앞에서 우리 조국의 당당한 의지를 표명했다.' 그러나 그 사내는 긴 대열의 맨 끝줄에서, 보다 정확히 표현하면 삼각 모자를 쓰고 망토를 두른 무장 군인 바로 앞에 걸어가는 터라 신문팔이 소년 앞에서 걸음을 멈출 수가 없었다.

그 시각에는 본래 코루냐 역을 떠나는 기차가 없었지만, 무슨 일인지는 몰라도 아침부터 특별 호송열차가 대기하고 있었다. 게다가 말이 특별열차이지, 객실은 판자로 만들어진, 짐승이나 상품을 실어 나르는 화물열차였다. 이윽고 플랫폼에서 대열을 갖춘 남자들은 각자가 휴대한 옷 꾸러미를 바닥에 내려놓았다. 그들 사이로 한 호송병이 지나다니면서 큰 소리로 번호를 부르며 인원을 확인했다. 소년은 기왕에 불리는 번호에서 10번이 마음에 들었다. 10번은 그가 좋아하는 축구선수 차초(갈리시아 지방에서 전설적인 축구 선수로 추앙받는 에두아르도 곤살레스 발리뇨의 별명.—옮긴

160

이)의 등번호로, 소년은 차초가 했던 말까지 기억하고 있었다. '패스는 공이 줄에 매달린 것처럼 해야 한다!' 잠시 후 이전의 호송병이 아닌 다른 호송병이 나타나더니 다시 인원을 점검했다. 호송병에 이어 역무원이 마치 경쟁이라도 하듯 빠른 속도로 그들의 인원을 세면서 지나갔다. 인원이 부족해서 저러나? 소년이 그렇게 생각하면서 플랫폼과 열차 주변을 살폈다. 그러나 그의 눈에 들어온 것은 베툰 영감이었다.

대갈장군아, 저 사람들은 포로들인데, 다들 결핵을 앓고 있단다.

그러더니 바닥에 침을 뱉고 마치 징그러운 벌레를 다루듯 발로 짓이겼다. 다분히 고의가 섞인 행동이었다.

역사 입구와 창구 사이에서 승객들을 지켜보고 있던 신문팔이 소년의 눈에 막 택시에서 내린 두 여자가 들어왔다. 어느 정도 나이 차이가 있는 아가씨들인데, 행색과 옷차림이 비슷한 것으로 보아 립스틱도 나눠 쓸 것 같았다. 좋아, 저 아가씨들은 신문을 사고 말 거야. 소년이 마음속으로 중얼거렸다. 소년은 틀린 적도 없지 않지만, 얼굴만 보고도 신문을 살지 말지 거의 알아맞혔다. 맹인이 신문을 사서 깜짝 놀란 적도 있었다. 신문팔이 소년에게는 승객들 말고도 맨발로 꽃을 파는 여자, 마부, 군밤장수 같

은 고정 고객도 있었다. 소년은 많은 신문기자들조차 신
문지의 효용성을 잘 모를 거라고 확신했다. 예를 들어 군
밤장수는 신문을 접어서 맨발의 여자 꽃장수가 팔고 있
는 칼라의 꽃봉오리만큼이나 완벽한 원뿔형 봉투를 만들
어낸다는 것을.

아가씨들의 얼굴은 요란스럽게 화장을 하는 여자들과
달리 민낯이었다. 이 아가씨들은 내 신문을 살 거라고. 그
러나 신문팔이 소년의 예상은 빗나가고 말았다. 어쩌면 자
신의 잘못 탓이었다. 왜냐하면 나이 어린 아가씨는 처음
에 소년의 외침을 듣고서 히틀러와 프랑코의 역사적 만남
을 싣고 있는 신문을 주목했지만, 소년의 말을 듣자마자,
다시 말해 베툰 영감에게서 들었던 말을 소년이 생각 없
이 내뱉자마자 다급하게 플랫폼으로 시선을 돌리고 말았
던 것이다.

아가씨들, 저 사람들은 포로들인데, 다들 결핵을 앓고
있대요.

그러고는 바닥에 침을 뱉으려다가 베툰 영감의 말은 믿
을 만한 게 못 된다는 생각에 꾹 참았다. 소년의 말을 들
은 젊은 여자는 눈 속에 모래가 들어간 사람처럼 금방이
라도 눈물을 쏟아낼 것 같은 눈빛으로 소년을 바라보더니
플랫폼을 향해 뛰기 시작했다. 그녀가 발을 내딛을 때마

다 대리석 바닥을 때리는 하이힐 소리가 역사 안에 울려퍼졌다. 그 소리가 오래전부터 잠들어 있던 시계바늘을 깨우는 것 같았다.

신문팔이 소년의 눈이 그녀의 뒤를 좇고 있었다. 초조하고 안타까운 모습으로 대열을 이루고 서 있는 사내들 사이를 돌아다니던 그녀가, 마침내 한 남자를 껴안았다. 타이를 매지 않은, 낡은 가방을 들고 있던 사내였다. 순간 기차역이, 역사 안에 존재하는 모든 것이 정지되었다. 기차가 도착하거나 출발할 때 한바탕 소동이 일고 난 뒤의 정적, 그 정적보다 더 횅한 정적이 밀려들고 있었다. 순간 껴안은 두 남녀를 제외한 모든 것은 시간 밖에 존재했다. 그들은 어느 장교가 다가가 엉켜 있는 나뭇가지를 전정가위로 싹둑 자르듯이 억지로 떼어놓을 때까지 떨어지지 않았다. 절대 떨어질 수 없는 존재들 같았다.

이어 또 다른 호송병이 포로들의 인원을 점검했다. 그 호송병은 누가 그를 보고 숫자를 셀 줄 모른다고 생각하든 말든 별 관계가 없다는 듯 천천히, 아주 천천히 포로들의 신원을 확인했고, 그때마다 뭉툭한 붉은색 연필로 숫자를 적었다.

어, 저건 목수의 연필인데. 소년이 중얼거렸다. 우리 할아버지 거하고 비슷하잖아.

17

결국은 기차역에서 껴안았지. 에르발이 호흡을 가다듬으며 마리아에게 말한다. 헌데 전혀 떨어질 생각이 없는 거야. 어떻게 해야 할지 다들 난감해하고 있는데, 중위가 다가가더니 사정없이 떼어놓더군. 엉켜 있는 나무줄기를 전정가위로 싹둑 잘라내듯 말이야.

난 그전에도 두 사람이 같이 있는 걸 본 적이 있었는데, 그때는 아무도 그 둘을 떼어놓지 못했어.

내가 마리사 마요와 다니엘 다 바르카가 서로 사랑하고 있다는 걸 안 건 그때였지. 사실 그때까지 두 사람이 부부가 될 거라곤 상상조차 못했어. 소설에선 그럴 수 있어도 그 시대에선 있을 수 없는 일이었거든. 그건 마치 향로에다 화약을 뿌려대는 짓이나 다름없었으니까.

순전히 우연이었어. 저녁나절이었을 거야. 로살레다 데 산티아고를 산책하고 있더군. 나는 둘을 뒤쫓기 시작했지. 가을이 끝날 무렵이었는데, 처음에는 활기차게 대화를 나누며 걷는가 싶더니, 마른 잎들을 일으켜 세우는 바람이 불기 시작하니까 바짝 가까워지는 거야. 살과 살이 맞닿을 정도로. 그러더니 알라메다에서 사진을 찍더라고. 현장에서 사진을 현상해주는 사진사가 있었거든. 그런데 갑자기 비가 쏟아지는 거야. 사람들은 음악당으로 피신했지만, 나는 가까운 공중화장실로 들어갔지. 비를 피하는 동안 서로 살을 붙이고 서 있을 두 사람을 떠올리고 있자니 피식 웃음이 나오더군. 아무튼 비는 날이 어둑어둑해질 쯤에야 멈추고, 그들은 오래된 도시의 거리를 따라 다시 걷기 시작했어. 나 역시 그들을 뒤쫓았지. 가히 밑도 끝도 없는 산책이었어. 둘이 서로 딱 달라붙지도 않고, 그렇다고 껴안지도 않고, 나는 차츰 지겨워지더라고. 게다가 비가 다시 내리기 시작하는데, 기관지염에 걸리기 딱 좋은 거야. 하긴 산티아고에 내리는 비는 모든 걸 양서류처럼 만들어버리거든. 오죽했으면 석마(石馬)들의 입에서도 빗물이 콸콸 쏟아졌을까.

그래서요? 그래서 어떻게 됐어요? 마리아가 채근하듯 묻는다. 그녀는 석마들의 입에서 빗물이 쏟아지는 것에는 관심이 없다.

어떻게 되긴. 비가 억수로 쏟아지는데도 킨타나 도스 모르토스 거리 한복판에 서 있더라고. 둘 다 온몸이 비에 흠뻑 젖었을 거야. 내 몸에서도 비가 줄줄 흘러내렸으니까. 그런데도 서로 마주 보며 마냥 서 있기만 하는데, 나는 미쳤다고 생각했지. 폐렴에 걸리고 말 거라고. 아니, 의사 놈이 폐병이나 확 걸려버렸으면 좋겠다고. 그런데 바로 그때 그 일이 일어난 거야. 베렌겔라가.

베렌겔라가 뭔데요?

종이야. 성당의 종 이름인데, 킨타나의 시계 역할을 하지. 첫 종소리가 들리자 둘이 와락 껴안더군. 서로 쳐다보고만 있던 사람들이 다시는 절대로 떨어지지 않겠다고 작정한 것처럼. 게다가 자정이라 한 번도 아니고 열두 번이나 종이 치는 거야. 그것도 천천히, 아주 천천히. 베렌겔라가 느릿느릿 치는 걸 두고, 사람들은 바에서 마지막 와인을 마실 시간을 주기 위해서 그렇다고들 하는데, 나는 지금도 모르겠어. 어떻게 해서 그 시각에 다른 시계들이 미쳐버리지 않는지.

그냥 껴안고만 있던가요? 마리아가 호기심을 참지 못고 묻는다.

여태껏 별짓 다 하는 커플을 봐왔지만, 그들만큼은 아니었어. 숫제 서로를 마셔대더군. 혀와 입술로 온몸을 핥고, 귀며, 눈이며, 목덜미에서 가슴까지 줄줄 흘러내리는 비를 미친 듯이 빨아대더군. 서로가 서로의 맨살을 느낄 수밖에 없을 정도로 찰싹 달라붙은 채, 마치 물속에서 입을 맞추고 있는 물고기들처럼.

에르발은 갑자기 말을 끊더니 하얀 종이냅킨 위에 목수의 연필로 두 개의 선을 나란히 그린 다음, 그 평행선 사이를 더 굵고 짧은 선으로 연결한다. 철로이다.

그런데 열차가, 그 열차가 눈 때문에 길을 잃은 거야.

마리아가 에르발의 눈을 주시한다. 하얀 망막 위로 연기에 그을린 수지 같은 누런빛이 감돌고, 검댕이 같은 침묵 속으로 홍채가 타오른다. 평범하게 살았다면 거친 톤으로 채색되었을 하얀 머리는 짧게 쳐 올린 탓에 어두운 잿빛을 띠고 있다. 그는 나이를 먹었지만, 그렇다고 노인은 아니었다. 비쩍 마른 몸에 팽팽한 살갗은 마치 붉은 빛이 감도는 나무에 옹이들이 박혀 있는 것 같았다. 지난 10월 스무 살 생일을 맞이한 마리아는 사람에게 나이란 어떤 의미인지 알 수도 있을 것 같다. 그녀는 흐르는 세월을 무시하며 쾌락만 좇는 이들보다 훨씬 젊게 보이는, 나이 많은 사람들에 대해 잘 알고 있다. 술집 여주인인 마닐라는 자신의 나이를 애절하게 여긴 나머지 자기 몸에 드러나는 세월의 흔적을 감추고자 지나치게 꽉 달라붙은 옷을 입고 온 몸을 장신구로 치장했다. 그러나 딱 한 사람, 에르발은 달랐다. 일부러 티를 내려고 그러는 것인지 아니면 그 반대인지는 자세히 알 수 없지만 나이보다 젊게 보이는 것은 그의 숙명 같았다. 아니, 그는 세월의 더딘 흐름에 맞서 싸우는 사람 같았다. 그의 눈은 무슨 이유인지 분노로 이글거리고 스탠드바 안쪽에서 불꽃처럼 타오르는 그의 눈빛은 골치 아픈 손님들이 군말 없이 술값을 지불하게 만들었다. 그것도 선불로.

나는 아직도 그곳에 갇혀 있다는 악몽에 시달리다가 잠에서 깨어나곤 해. 눈발이 날리는 레온 지방에서 갑자기 멈춰 서버린 열차. 저만치서 우리를 지켜보고 있는 늑대한 마리. 내가 창문을 반쯤 열고 창가에 기댄 채 총을 겨누는데, 화가가 그러는 거야. 이봐, 뭐하자는 거냐고. 그래서 내가, 저게 안 보이느냐고, 저놈을 쏴 죽일 거라고 하니까 화가가 제지하더군. 이봐, 그림을 망칠 생각이야. 그래서하는 수 없이 참긴 했지만, 진짜 미치겠더라고.

마침내 늑대가 죽음의 여정에 우리만 홀로 남겨둔 채돌아서더군.

또 죽었습니다. 한 호송병이 중위에게 보고했다. 따로 연결한 열차 칸입니다.

중위가 보이지 않는 적을 대하듯 불경스러운 욕설을 퍼부었다. 보고를 듣다 보니 숫자 '3'이 영 마음에 들지 않았다. 죽은 자는 죽은 자일뿐이야. 두 번째는 첫 번째와 함께 가고 싶어서 죽은 거잖아. 두 번째 사상자가 나올 때까지만 해도 애써 무시했다. 하지만 죽음이 죽음을 부르고 세 번째 죽음으로 이어지자 생각이 달라졌다. 이건 사건이야. 중위는 아직 젊었다. 그는 일말의 영광조차 없는 임무를 저주했다. 아무도 기억하지 않는 열차를 지휘한다는 것은, 그것도 포로와 폐병 환자들을 잔뜩 실어 나르는 일은, 아니 도중에 미친 듯이 날아드는 곡사포 때문에 열차가 멈춘 것도 아닌 것은 자연의 모순일 수밖에 없었다. 모든 게 무지막지한 전쟁이 만들어 낸, 올이 제멋대로 풀린 넝마조각 같은 꼴이었다. 그는 앞으로 닥칠지도 모를 끔찍한 장면들을 뇌리에서 떨쳐내려고 기를 썼다. 더 이상은 안 돼. 비참한 장례 행렬을 이끌고서 마드리드에 도착할 순 없어.

그러니까 벌써 세 명이나 죽었단 말이지. 젠장, 어떻게 된 거야?

질식사입니다. 기침 발작을 일으키며 쏟아낸 객혈에 기도가 막힌 겁니다.

그건 나도 알고 있으니까 굳이 설명할 것까진 없잖아. 그의 눈에서 불똥이 튀었다. 그런데 의사는? 의사는 뭐하고 있는 거야?

가만있지는 않았습니다, 중위님. 지금도 이 칸 저 칸 돌아다니고 있습니다. 의사가 그러더군요. 중위님한테 마지막 칸을 비워달라고. 시신들을 그쪽으로 옮긴다는 겁니다.

그렇게 해줘. 이어 중위는 에르발에게로 시선을 돌렸다. 이봐, 자네는 나와 함께 빌어먹을 역까지 걸어가는 거야. 기관사한테도 알려. 길을 잃더라도 함께 가자고.

중위는 불안한 표정으로 차창 밖을 내다보았다. 한쪽은 하얀 눈으로 뒤덮인 설원이 펼쳐지고, 맞은편에는 낡은 레일들의 거대한 무덤처럼 보이는, 차량들을 수리하거나 보관하는 격납고가 눈발 속에 버티고 있었다.

어찌된 게 전쟁터보다 더 끔찍할 수가!

코루냐 역을 출발한 호송열차는 결핵에 걸린 수감자들을 싣고 있었다. 갈리시아 지방 북부에서 집결한 중환자들이었다. 전쟁이 끝난 뒤 비참한 상황에서 페스트균은 대서양 연안의 습기를 머금은 채 퍼져나갔다. 그들의 종착지는 발렌시아의 산지에 있는 격리 요양소였지만, 일단은 마드리드를 통과해야 했다. 그 시절 코루냐에서 출발한 일반열차가 마드리드의 노르테 역까지 도착하는 데는 무려 열여덟 시간 이상 걸리는 경우가 허다했다.

우린 '특별수송열차'로 명명된 기차에 타고 있었어. 에르발이 마리아에게 말한다. 그런데 그게 말 그대로, 진짜 특별열차였던 거야!

수감자들에게 돌아갈 식량조차 없었다. 대부분이 열차에 오르기 전에 임시 식량인 정어리 통조림을 먹었다. 그들에게 지급된 방한복은 모포 한 장이 전부였다. 나중에 알았지만, 베탄소스 산지에서 내리기 시작한 눈발은 마드리드에 도착할 때까지 그치지 않았다. 특별수송열차는 갈리시아 지방의 고원지대를 연결하는 철도 분기점인 몬포르테까지 최소한 일곱 시간이 걸릴 예정이었다. 그러나 상황은 갈수록 악화되고 있었다. 설사 몬포르테 역을 지나더라도 레온과 사모라의 산악지대가 그들을 기다리고 있었다. 열차가 몬포르테에 들어섰을 때는 밤이 깊은 시간이었다. 수감자들은 혹독한 냉기와 동시에 무지막지한 고열에 시달리고 있었다.

나 역시 덜덜 떨었지. 우리 호송대는 기관차 바로 뒤에, 의자도 있고 창문도 달린 객실에 있었는데도 덜덜 떨고 있었어. 증기기관차였는데, 폐병에 걸린 것처럼 빌빌거리는 거야.

그렇지, 물론 나는 자발적으로 나선 길이었지. 결핵환자들을 레반테에 있는 격리 수용소로 데려간다는 소식을 듣자마자 지체 없이 따라나섰으니까. 나도 폐병에 걸릴 수 있었지만, 난 아무것도 모른 체했고, 나를 아는 의사들도 일부러 피했어. 나한테 그 정도는 쉬운 일이었거든. 당시 나는 쥐꼬리만 한 봉급을 받았지만, 그것보다는 강제 전역을 당할지도 모른다는 불안감이 앞섰던 거야. 게임에서 영원히 열외로 남는다는 게 두려웠어. 고향도 싫었고, 여동생 집으로 돌아가는 것도 싫더라고. 내가 아버지하고 마지막으로 얘기를 했던 것은 아스투리아스로 돌아갔을 때였는데, 그 자리에서 아버지하고 심하게 다퉜어. 나는 아버지가 시키는 일을 거부하고 다짜고짜 대들었어. 나한테는 면허증이 있다고, 아버지는 짐승이나 다름없다고. 그러자 아버지는 전에 없이 차분하게 그러시더군. 나는 사람을 죽인 적은 없단다. 내가 젊었을 때, 나라에서 모로코로 보낼 젊은이들을 닥치는 대로 징병할 때 모두가 산으로 도망쳤단다. 그래, 네 말대로 네 애비는 짐승이다. 하지만 난 아무도 죽이지 않았다. 얘야, 네가 늙어서 지금처럼 똑같은 말을 할 수 있다면 얼마나 좋겠느냐! 그게 내가 아버지와 마지막으로 나눈 대화였어.

아무튼 그 일로 나는 즉각 란데사 중사를 찾아갔지. 당시 그는 이미 진급을 했더군. 중사님, 부탁이 있습니다. 제가 거기, 격리 요양소에서 근무할 수 있도록 조처해주십시오. 이참에 분위기를 바꿔볼까 해서요. 그리고 그 의사도

갑니다. 다 바르카라고, 기억하십니까? 그자는 여전히 레지스탕스와 접촉하고 있습니다. 어떤 수를 써서라도 반드시 그들의 정보를 캐내고 말겠습니다.

고야네스 중위와 에르발 그리고 기관사가 레온 역을 향해 눈길을 걸었다. 발걸음을 뗄 때마다 군화가 눈밭에 푹푹 빠졌다. 주위가 온통 하얀 세상이었다. 마침내 그들은 레온 역의 플랫폼으로 들어서서 군화에 묻은 눈을 털어냈다. 조금 전부터 중위의 눈에는 불똥이 튀고 있었다. 역장에게 자초지종을 묻고 단단히 따질 참이었다. 그러나 사무실에서 나온 사람은 역장이 아니라 소령이었다. 뜻밖이었다. 일순 당황한 중위가 부동자세를 취했다. 상관은 입을 열기 전에 냉엄한 표정으로 부하를 주시했다. 중위가 군화 뒤축을 갖다 붙이며 절도 있게 경례를 했다. 말씀하십시오, 소령님. 냉기가 뼛속까지 파고드는 날씨인데도 중위의 이마에 땀방울이 맺혔다. 저는 특별열차를 지휘하고…….

특별열차라니? 중위, 대체 무슨 열차를 말하는 거야?

중위가 떨고 있었다. 어디서부터 말을 꺼내야 할지 암담했다.

결핵환자용 열차입니다, 소령님, 이미 세 명이나 죽었습니다.

결핵환자용 열차? 세 명이나 죽다니? 중위, 지금 무슨 말을 하고 있는 거야?

기관사가 나섰다. 그러나 소령은 기관사가 말을 하기도 전에 제지했다. 중위가 다시 입을 열었다.

소령님, 저희는 코루냐를 출발한 지 48시간이 지났습니다. 저희 열차는 특별열차입니다. 지금 저희는 죄수들을, 아니, 병에 걸린 죄수들을 호송하고 있습니다. 다들 결핵환자들입니다. 예정대로라면 이미 목적지에 도착해야 했지만, 도중에 혼선이 생긴 모양입니다. 진작 레온을 통과했어야 했는데, 경로를 벗어나 북쪽으로 가버린 겁니다. 늦게나마 상황을 알아채고 돌아오는 중입니다만, 소령님, 그게 쉬운 일이 아니었습니다. 그때부터 저희는 죽음의 여정에 들어섰던 겁니다. 나중에 들어보니 저희 말고도 다른 특별열차들이 있었다더군요.

있고말고. 소령이 거들먹거리는 자세로 비아냥댔다. 중위, 당신은 그걸 알았어야 하네. 지금 북서 해안에는 병력이 증강되고 있어. 당신은 2차 세계대전에 대한 소식도 못 들었나?

그러고는 철도 노선 담당자를 불렀다.

결핵환자 수송 열차라니, 대관절 어떻게 된 거야?

결핵환자 수송 열차요? 소령님, 어제 통과시켰는데요.

착오가 생겼던 거라고, 중위가 재차 설명하려고 했지만

소령의 시선은 이미 플랫폼 쪽을 향해 있었다.

하얀 눈밭에 들것을 든 행렬이 더디게, 힘들게 다가오고 있었다. 소령은 그들을 보자마자 직감적으로 돌아가고 있는 상황을 파악했다. 호송병들의 감시 아래 맨 앞에 의사가 앞장을 서고, 그 뒤로 들것을 든 행렬이 따르고 있었다. 고야네스 중위는 맨 앞에서 걸어오는 의사를 보는 순간, 한동안 잊고 있던 불편한 기억이 되살아났다. 코루냐역에서 일어났던 장면이 떠올랐다. 두 남녀의 격렬한 포옹과 마치 지진처럼 현실을 뒤흔들어놓던, 끝날 줄 모르던 키스를 심란하게 지켜보다가 그들을 억지로 떼어놓은 장본인이 바로 중위 자신이었다. 중위가 열차에 오르자마자 의사를 불러 대화의 자리를 따로 마련한 것도 그 때문이었다. 중위는 용서를 구하는 대신 농담조로 자신을 행위를 정당화했다.

누군가는 떼어놓아야 했소. 그렇지 않았으면 우리 모두 코루냐 역에서 밤을 꼬박 새야 했을 거요. 참, 그 여자 분이 당신 아내요? 당신은 정말 운 좋은 사람이오.

다 바르카는 장교의 말 속에 담긴 이중적인 의미를 헤아렸다. 그래서 격렬하고 끈적끈적한 포옹을 떼어놓은 게 중위가 아니라 기차였다는 듯 일부러 덜커덩거리는 소리에 귀를 기울였다. 의사가 특별호송열차의 객실에 자리를 차지할 수 있었던 것은 중위 덕분이었다. 의사 역시 환자 수송을 맡고 있는 입장이라 함께 대화를 나눌 일이 있다고 생각했던 것이다.

코루냐 역을 떠난 뒤 특별호송열차가 도시의 지평선을 지우는 거대한 터널을 빠져나가자 그때부터 부르고 하구의 녹청 빛 수채화가 펼쳐지기 시작했다. 순간 다 바르카는 녹청 빛에 동공이 찔린 듯이 눈을 깜빡거렸다. 바다가 보이고, 물결에 흔들리는 배 위에서 어부들이 긴 갈퀴로 바닷물 속을 긁고 있었다. 한 어부가 일손을 멈추며 허리를 펴더니 멀리 지나가고 있는 기차를 물끄러미 바라다보았다. 다 바르카는 친구 화가를 떠올렸다. 그가 아는 화가는 일하는 자들의 모습을 화폭에 담기 좋아했지만, 그의 그림은 인위적이고 전형적인 민속화와는 거리가 멀었다. 그의 화폭에 담긴 인물들은 대지와 바다를 닮아 있었다. 농부의 얼굴은 쟁기질로 일군 땅처럼 깊은 고랑이 패이고, 어부의 얼굴은 그물처럼 얼기설기 줄이 나 있었다. 마찬가지로 팔은 낫으로, 눈은 바다로, 얼굴은 바위로 그의 손에 해체되었다. 다 바르카는 일을 하다 말고 열차에 눈길을 던지고 있는 어부들을 보면서 소록소록 되살아나는 인간의 정을 느꼈다. 그들이 어디로 가느냐고, 무슨 일이냐고 묻고 있는 것 같았다. 물론 어부들의 귀에는 배와 기차 사이의 거리 때문에, 덜컹거리는 기차 바퀴 소리 때문에 시뻘건 피로 범벅이 된 오물통 같은 화물칸에서 새어나오는 환자들의 고통스러운 기침 소리가 들리지 않을 것이었다. 다 바르카는 눈앞에 펼쳐진 정경 앞에서 우화를 떠올렸다. 배 위를 날고 있는 가마우지가 자신의 울음소리로 기차 속의 진실을 어부들에게 전송하고 있다는 환상적인 이야기를. 의사는 독일에서 발송되는 아방가르드 예술 잡지를 포기하고서 몹시 괴로워하던 화가가 생각났다. 우리 인간이 걸릴 수 있는 가장 나쁜 질병은 의식의 중지로 인해 생기는 병입니다. 다 바르카는 가방을 열어 책을 한 권 꺼냈다. 표지가 닳고 해어진 그 책은 노보아 산토스 의사가 쓴 『미학적 감정의 생물학적 근원들』이었다.

의사 앞에 앉아 있던 고야네스 중위가 표지를 힐끗 보았다. 중위는 의사가 자기보다 연장자지만, 나이 차이는 많지 않을 거라고 생각했다. 코루냐 역에서의 해프닝 이후 중위는 다 바르카가 의사라는 보고를 받고서 함께 호송을 책임지고 있다는 생각에 일종의 동지애를 느꼈다. 그렇다고 자신이 지휘관이라는 사실까지 잊은 것은 아니었다. 그래서 그는 독서를 방해할 수도 있다는 결례는 무시한 채 자기도 대학생이었다고, 임시 소위로 임관하여 프랑코 부대에 들어가기 전까지 철학 과정을 수강했다고, 그러다가 군인의 길을 걷기로 작정했다고 말했다. 아, 철학이라! 나 역시 한때는 마르크스를 비롯해서 이 사회를 구제하겠다는 모든 선지자들에게 매료되었지. '두체('지도자'라는 뜻의 이탈리아어.—옮긴이)' 무솔리니가 그랬듯이. 이봐요, 의사 양반. 무솔리니가 사회주의자였다는 거, 알고 있소? 당연히 알고 있겠지. 그러나 무솔리니는 전사철학자가 나타났던 바로 그날까지만, 축복을 받은 그날까지만 사회주의자였소. 지금의 매장인이 나타날 때까지만 말이오(여기서 매장인은 쿠데타를 지휘했던 프랑코를 지칭한다.—옮긴이). 그분이 나를 노예들의 결사단으로부터 해방시켜주었던 거요.

다 바르카 의사 역시 중위의 이야기를 무시한 채 책을 읽고 있었지만, 중위 또한 만만한 인물이 아니었다. 그는 상대방의 입을 열게 만드는 방법을 잘 알고 있었다.

당시만 해도 원숭이에 관심이 많던 나는 차츰 신들에 대해 흥미를 갖기 시작했던 거요.

중위의 예상은 정확했다. 의사가 결국 책을 내려놓고 상대를 똑바로 바라보았다.

중위, 아무도 그런 말은 하지 않을 거요.

장교가 폭소를 터뜨리며 손바닥으로 의사의 무릎을 탁탁 두드렸다.

이래서 배짱 있는 빨갱이가 마음에 든다니까. 장교가 자리에서 일어나며 비아냥거렸다. 자, 당신은 그놈의 원숭이들 걱정이나 계속하시오.

그러나 중위에게 더 이상 농담을 할 기회는 사라졌다. 그때부터 느닷없이 모든 게 엉키기 시작했다. 특별호송열차가 악마의 손에 이끌려가는 것 같은 상황이 전개되었다. 몬포르테에서는 환자들에게 돌아갈 예비식량이 도착하지 않았다. 이어 눈발이 날리는 산지가 나오면서 골고다 언덕을 오르는 고행의 길이 그들을 기다리고 있었다. 그 와중에도 다 바르카 의사는 쉴 새 없이 객실을 돌아다니며 환자들을 보살폈다.

내가 마지막으로 의사를 보았을 때 의사는 양초 불빛 밑에서 무릎을 꿇고 첫 번째 시신의 턱수염에 엉켜 붙은 검붉은 핏물을 닦아내고 있더군. 에르발이 마리아에게 이야기한다.

다 바르카 의사의 머리는 하얀 눈송이가 뒤덮여 있었다. 들것 행렬에 따라나선 호송병들 중 한 명이 상황을 설명하기 위해 소령 앞으로 나섰다. 소령님, 의사 말로는 사활이 걸린 상황이라 중위님이 자기한테 허락했다고 합니다. 거센 눈보라가 몰아치고 있는 가운데, 고야네스 중위는 소령 앞에서 자신의 권위를 세울 필요가 있다는 생각이 들었다. 그는 호송병의 소총을 빼앗아 개머리판으로 의사를 내리쳤다.

허락이라니, 누가 허락을 했다는 거야!

플랫폼 바닥에 꼬꾸라진 의사가 손등으로 뺨을 어루만졌다. 얼굴이 온통 피투성이였다. 의사는 차분하게 하얀 눈을 한 움큼 움켜쥔 뒤 상처 부위를 닦아냈다. 마치 향유를 바르듯. 피 냄새를 눈으로 지우고 있군. 화가가 에르발에게 말했다. 저건 민간요법이야. 그건 그렇고, 이봐, 에르발. 어서 일으켜 세우지 않고, 마냥 지켜보기만 할 거야?

미쳤소? 에르발이 중얼거렸다.

어서 도와주라니까. 자네 눈에는 이 저주스러운 상황에서 우리 모두를 구하고자 혼자 발버둥치는 게 안 보여?

에르발이 망설였다. 그러다가 앞으로 나서더니 쓰러진 의사를 일으켜 세우기 위해 손을 내밀었다.

깜짝 놀라는 거야. 순간 나는, 의사가 자신이 체포된 날을, 그래서 나를 기억해냈는지도 모른다는 생각이 들더군. 그날 내가 개머리판으로 의사를 내리쳤거든. 하지만 그건 내 생각이었어. 의사는 내가 아니라 중위를 날카롭게 노려보더니 면상을 갈겨버리더군. 당한 만큼 되돌려준 거야. 그 상황에선 의사가 상관일 수밖에. 중위의 기가 팍 꺾이더라고. 소심한 계집애처럼.

그때 다시 기침 소리가 들렸다. 순간 역무원이 마치 전

화벨 소리를 들은 사람처럼 들것에 실려 온 환자 쪽으로 고개를 돌렸다.

소령이 중위를 떼어놓으며 물었다.

이게 대체 무슨 일이야?

환자가 객혈을 하고 있습니다. 다 바르카 의사가 그 말을 받았다. 그냥 놔두면 자기 피에 질식하고 말 거요. 이미 세 사람이나 희생되었습니다.

그렇지만 여기로 데려와서 뭘 어쩌겠다는 거요? 나도 저자가 결핵환자라는 것쯤은 알고 있소. 하지만 죽을 때가 되면 죽을 수밖에. 여기서 가장 가까운 병원은 지옥밖에 없으니까.

한 가지 방도가 있습니다. 더 이상 지체하면 안 됩니다. 방을 하나 내주십시오. 환한 불빛과 테이블, 그리고 끓는 물이 필요합니다.

역무원의 업무용 테이블에는 유리가 덮여 있고, 상판과 유리 사이에는 에스파냐 전역의 철도 노선도가 끼어 있었다. 그들은 테이블 위에 매트를 깔고 환자를 눕혔다. 풍로 위에는 주사기를 넣은 물이 끓기 시작했다. 물 끓는 소리가 가래 끓는 소리 같았다. 응급수술 준비를 지켜보던 에르발은 자신의 가슴에서 울리는 소리에 온 신경을 집중했다. 밀려온 바닷물이 스펀지 같은 모래사장을 빠져나가는 소리가 들렸다. 그는 입안에 고이는 침을 음미했다. 비릿한 피 냄새가 났다. 그런 그의 조바심을, 그가 감추고 있는 병을 아는 유일한 사람은 화가였다. 에르발은 늘 다른 환자들의 증상을 훔쳐보았다. 겉으로는 무관심하게, 그러나 흉부의 병에 생긴 환자들에게 건네는 의사의 진단에 귀를 기울였고, 그런 식으로 자기 몸에서 일어나는 세세한 징후를 숙지했다.

아, 이 얼마나 고통스러운 세대인가! 최고의 갈리시아 예술가들이 젊은 나이에 죽어가고 있다니! 에르발은 언젠가 화가가 중얼거리던 말을 떠올렸다. 갈리시아에선 농군의 낫이야말로 진정한 예술이라고 할 수 있어. 하지만 자네가 그걸 손에 쥐게 되면 흉측한 무기로 변하겠지.

정말이지 그들은 매력적인 존재들이라고. 저마다 고독의 미를 지니고 있거든. 그래서 여자들이 환장할 수밖에.

웃기는 소리! 에르발이 역정을 냈다. 그래봤자 자기위안일 뿐이라고요.

에르발, 그건 자네가 할 소리가 아니지.

에르발은 역무원의 테이블 위에 누워 있는 환자를 내려다보았다. 나이가 어린, 거의 애송이나 다름없는 청년이었다. 그의 눈자위에는 오래된 태선이 남아 있었다. 에르발은 그의 이력을 꿰고 있었다. 이름은 세안. 탈주자. 핀도 산으로 도망쳐 암벽에 서식하는 동물들처럼 3년을 숨어 지낸 인물. 당시 수십 명이 그 일대의 동굴로 몸을 숨겼다. 민병대가 수색에 나섰지만 번번이 실패했다. 그들의 암호를 알아낼 때까지. 그 근처에서 빨래를 하던 아낙네들이 공범이었다. 바위 위에 펼쳐 놓은 빨래들 색깔로 그들만의 메시지를 전달했던 것이다.

이제 어떻게 할 참이오? 소령이 물었다

기흉입니다. 다 바르카 의사가 대답했다. 속발성이니까 폐를 압박하고 출혈을 막으려면 가슴 사이에 공기를 불어넣어야 합니다.

그러고는 주사기를 준비한 다음, 환자를 지긋하게 내려다보면서 격려의 윙크를 보냈다.

자, 우리 함께 이 상황을 빠져나가야겠지. 어이, 동지, 안 그래? 잠깐 갈비뼈 사이가 뜨끔할 거야. 그래, 딱 한 번 뜨끔하다니까. 늑대 가슴팍에 벌침이 박히는 느낌 정도랄까.

그러나 의사는 이내 입을 다물었다. 온 신경을 집중하고 있었다. 마치 눈으로 방사선 사진을 찍듯이 환자의 가슴을 들여다보는 것 같았다. 그의 눈이 랜턴이 되어 주사 바늘이 들어갈 구멍을 안내하고 있었다. 간수들이 환자를 단단히 붙잡았다. 에르발도 끼어들었다. 환자가 주먹을 불끈 쥐었다. 얼마나 힘을 주는지 손톱이 손바닥을 파고들었다. 의사가 주사바늘을 꽂은 상태에서 가슴속의 풀무를 찾고 있었다. 역무원의 테이블 위에서, 젊은 사내의 동굴 속에서 샘물이 솟구치는 소리가 났다. 공기가 들락거리는 소리가 나고 있었다.

기차는 그날 밤에 다시 출발했다.

그때부터는 거의 모든 역을 무정차로 통과했지. 눈 속에서 길을 잃었던 기차가 유령의 기차로 변한 거야. 어쩌다가 정차한 플랫폼에는 개미 새끼 하나 얼씬거리지 않았어. 그때마다 우리는 먹을거리를 구하러 나갔지만 빈손으로 돌아왔지. 역마다 배고픈 냄새가 진동하는데……. 그 대목에서 에르발이 잠시 입을 닫고 테이블 위에 놓여 있는 방향제를 쳐다본다. 딱 한 번, 아직도 기억나는 게, 메디나 델 캄포에서 어떤 사내가 차창을 두드리더니 다 바르카한테 인사를 건네는 거야. 그리고 그렇게 사라졌는가 싶더니, 밤 자루를 들고 다시 나타나더군. 기차가 이미 움직이기 시작했는데 말이지. 그때 만일 내가 그자가 건넨 자루를 낚아채듯 받지 않았으면 그 자루를 영영 놓치고 말았을 거야. 그자가 소리치더군. 그거 의사 선생님 겁니다! 아주 거구였던 걸로 봐서 분명 칭기즈 칸이었어. 아무튼 나는 밤 자루를 뒤졌지. 지갑이 하나 들어 있더군. 그 역에서 슬쩍한 게 틀림없는 그 지갑을, 처음에 나는 혼자 차지하려고 했어. 결국은 지갑 속에 든 지폐 다발 중 반만 챙기고, 나머지는 밤 자루와 함께 의사한테 건넸지만.

그 청년은 어떻게 됐어요? 마리아가 초조한 표정으로 묻는다. 그 환자 말예요.

포르타 코엘리에서 죽었어. 세상 사람들이 천국의 문이라고 부르던 그 격리 수용소에서.

18

다 바르카 의사는 사랑의 편지를 쓰고 있었다. 아니, 쓰다가 지우기를 반복하고 있었다. 그러면서 생각했다. 소위 배웠다는 사람들이 쓰는 언어가 표현의 빈곤을 야기한 거라고, 자기한테는 시인 특유의 뻔뻔함이 없다고. 그러나 수감자들을 대할 때는 달랐다. 그 역시 의사 특유의 뻔뻔함이 자연스럽게 묻어나왔다. 그가 환자를 치료하는 요법 중에는 환자들에게 사랑하는 것을 기억하게 하고, 사랑하는 이에게 글을 쓰는 것도 포함되어 있었다. 그는 환자들을 대신해서 유머가 담긴 편지를 대필해주기도 했다. 의사 선생님, 이솔리나입니다. 이솔리나? 이솔리나⋯⋯, '푸른 레몬과 밀감 향기.' 어때요?

좋아할 겁니다, 박사님. 그 여자는 자연을 닮았거든요.

막상 자신이 연애편지를 쓸 때는 모든 게 우스꽝스러운 기분이 드는 데 반해 환자들이 자기 생각을 막힘없이 내뱉는 것을 보면 새삼 놀라웠다.

의사 선생님, 이 사람은 걱정하지 말라고 써주세요. 당신이 살아 있는 한 나는 절대 죽지 않을 거라고, 공기가 필요하면 당신 입으로 숨을 쉴 거라고.

어떤 환자는 이렇게 부탁했다. 꼭 돌아갈 거라고 써주세요. 돌아가서 지붕이 새는 곳을 고쳐주겠다고.

다 바르카는 서두를 다시 고쳤다. 오늘 쓸 편지는 그 어느 때보다 특별한 편지가 되어야 했다. 마침내 그는 서두를 결정했다. 여보. 바로 그때 문을 노크하는 소리가 들렸다. 격리 수용소에 소속된 진료실의 관례상 늦은 시간이었다. 밤 11시가 지나고 있었다. 응급환자가 아니고선. 문을 열었다. 골치가 아프다는 핑계를 댈 참이었다. 이사르네 수녀였다. 다른 때 같았으면 애꿎은 메르세데스 교단 복장을 빗대어 농담을 건넸을 것이다. 아, 난 또 세포 쪼가리를 입고 있는 줄 알았네요! 그러나 그녀가 조심스럽게 행동하는 것을 보며 그는 어리둥절해졌다. 그녀는 여성 특유의 짓궂은 표정에서 나오는 미소를 짓더니 인사도 생략한 채 수녀복 치맛자락 밑에서 병을 하나 꺼냈다. 코냑이었다.

당신 거예요. 당신의 결혼식과 첫날밤을 위하여!

그러더니 무모한 짓을 저지르고 도망치는 사람처럼 어두운 복도로 홀연히 사라졌다. 반짝이는 눈빛에서 뿜어져 나오는 아우라만 남긴 채.

청색과 회색과 녹색이 어우러진 눈. 눈초리가 기다란, 눈까풀에 반달 모양의 가느다란 주름살이 잡힌 눈.

영락없는 마리사의 눈이었다. 다 바르카는 하느님은 존재하지 않지만, 신의 섭리는 존재한다고 생각했다.

그날 저녁 무렵, 누구보다 들뜬 마음으로 그들의 결혼을 확인하는 전보를 가져다준 사람이 이사르네 수녀였다. 그날 아침, 마리사는 프론테이라의 교회에서 자신이 다 바르카의 아내란 것을 맹세했다. 네, 사랑해요. 같은 시각, 프론테이라에서 1,000킬로미터 떨어져 있는 포르타 코엘리에서 하얀 셔츠에 낡은 예복 차림으로 환자들과 함께 아침 산책을 하던 다 바르카 의사는 소나무와 올리브 나무 사이에서 지그시 눈을 감은 채 중얼거렸다. 네, 사랑합니다. 사랑하고말고요.

어이, 동지들! 의사가 꿈을 꾸고 있나 봅니다.

친구들, 여러분한테 알릴 소식이 하나 있습니다. 다 바르카가 소리쳤다. 제가 이제 막 결혼을 했답니다!

사실 몇몇은 이미 알고 있었어. 에르발이 여전히 두 눈으로 자기를 주시하고 있는 마리아에게 나지막이 입을 연다. 마치 기다렸다는듯이 몇몇 수감자들이 의사 주위로 몰려들었거든. 그들이 다 바르카의 결혼을 축하하는 의미로 호주머니에 넣고 있던 금작화를 뿌리는데, 온 산책로가 황금으로 뒤덮이기 시작하는 거야. 사실 두 사람은 여러 사람 덕에 결혼할 수 있었다고 해도 과언이 아니었어. 왜냐하면 그 수녀의 오빠인 페르난도가 신랑이 있는 요양소 교회에서 봉직했거든. 물론 이사르네 수녀는 말할 것도 없었지. 결혼식 절차며 공증은 물론이고 증인까지 되어주었으니까. 마치 자기가 결혼할 것처럼.

그걸 보고도 질투 안 했어요? 마리사가 씩 웃으며 에르발에게 묻는다.

참 예쁜 수녀였지. 매사에 용의주도하고. 어찌 보면 마리사를 닮은 구석이 많았어. 분위기랄까. 그렇지만 분명한 건 수녀였다는 거야. 이사르네, 그 여자는 날 증오했어. 그 여자가 왜 그렇게 날 증오했는지 알다가도 모르겠더라고. 나는 간수였고, 그 여자는 격리 수용소를 돌보는 선임 수녀라 그 여자나 나나 입장이 똑같다고 생각했거든.

에르발은 열려 있는 창문으로 눈길을 던진다. 그의 눈길이 잃어버렸던 아스라한 기억의 빛을 찾고 있는 것 같다. 날은 이미 어두워지고, 프론테이라 국도에는 헤드라이트를 켠 차량들이 쌩쌩 내달리고 있다.

하루는, 날마다 그랬듯이 수감자들의 서신을 검열하는
데, 다 바르카의 편지에서 무언가가 눈에 확 들어오는 거
야. 나는 극도로 신경을 써가며 그것들을 읽기 시작했지.

왜요, 고발하려고요? 마리아가 따지듯이 묻는다.

어딘가 수상한 냄새가 나는 게 있으면 따로 분리해야
했거든. 나는 의사가 자기 친구인 소우토라는 자와 주고
받은 편지를 그냥 지나친 적이 없었어. 그래봤자 온통 축
구 얘기뿐이었지만 말이야. 의사의 우상은 데포르티보 코
루냐 팀의 차초였는데, 사실 나로서는 뜻밖이었어. 의사가
축구에 그렇게 관심이 많은지도 몰랐고, 축구를 좋아한다
는 말을 들어본 적도 없었으니까. 그런데도 패스는 끈에
매달린 공처럼 했어야 한다는 둥, 굴러가야 하는 건 선수
가 아니라 공이었어야 한다는 둥, 이상한 얘기만 늘어놓는
게 몹시 거슬리더군. 하지만 나 역시 차초를 좋아했고, 그
것보다는 마리사에게 온 편지가 더 궁금해서 그냥 무시해
버렸지. 아무튼 그날 마리사가 쓴 편지는 죽은 화가에 대
한 이야기와 앵무새를 노래하는 연애시가 한 편 들어 있었
는데, 나는 그 편지를 압수했고, 호주머니에 넣고 다니면
서 읽고 또 읽었지. 한 주일 내내. 사실 난 누구한테 편지
한 통 받은 적이 없었어.

하루는 이사르네 수녀가 간수실로 들어오다가 테이블

위에 개봉된 편지들이 쌓여 있는 걸 보더니 나를 쪼아대는 거야. 나는 모른 척했지. 내가 편지를 검열한다는 건 이미 알고 있다고 생각했거든. 하지만 그 여자는 막무가내로 역정을 냈어. 나 역시 약간은 신경질적으로 나갔지. 진정해요, 수녀님. 이건 공식적인 절차요. 나는 누가 들을까 봐 목소리도 낮췄어. 하지만 수녀는 버럭 화를 내며 언성을 높이더군. 그 더러운 손, 당장 떼지 못해요! 그러더니 내 손에 쥐어져 있던 편지를 낚아챘는데, 그 바람에 편지가 두 쪽으로 찢어지고 말았어. 재수가 없었던 거야.

이사르네 수녀는 맨 첫 줄을 읽었다. 마리사 마요가 다바르카 의사에게 보낸 편지에는 노래하는 앵무새에 대한 연애시 한 편이 들어 있었다.

수녀는 손을 덜덜 떨면서 편지를 읽어 내려가기 시작했다.

내가 그랬지. 수녀님, 볼 거 없어요. 정치 이야기가 아니거든요.

수녀가 발끈하더군. 돼지. 당신은 뿔이 세 개나 달린 못된 돼지라고요.

사실 격리 수용소에 처음 도착했을 때 나는 기분이 무척이나 좋았어. 갈리시아와 달리 포르타 코엘리는 봄이었거든. 하지만 생각조차 못한 수녀와 맞닥뜨리면서 다시금

가슴이 부글부글 끓어오르는 거야. 질식할 것 같은 병이 다시 도지면서 말이지.

그 여자는 내 눈 속에 나타난 유령을 발견한 게 틀림없었어. 수녀들이 본래 눈썰미 하나는 상호보험만큼이나 정확하잖아. 그런데 이사르네 수녀가 그러는 거야.

병에 걸렸군요.

수녀님, 제발요. 내가 병에 걸리면 좋겠다고 마음속으로 비는 것까지는 얼마든지 좋아요. 하지만 그렇게 대놓고 말하진 마세요. 난 단지 신경을 써서 그런 거라고요. 머릿속이 얼마나 복잡하면 이러겠어요?

그러나 그녀 역시 물러서지 않았어.

그거 역시 병이니, 기도를 하면 나아질 거예요.

이제 할 거요. 하지만 전혀 나아지지 않을 걸요.

그래요? 그렇다면 지옥으로 꺼져버려요!

그 여자는 너무 완벽해. 너무 영리하고. 그러더니 찢어진 편지를 챙겨 발걸음을 돌리더군.

나는 그 일을 간간이 요양원에 들르던 발렌시아 출신의 아리아스 형사한테 얘기했지. 물론 내 사적인 일과 특히 건강에 대해선 일절 함구했고. 그런데 형사가 웃음을 터뜨리며 농을 던지는 거야. 하사, 당신이 수녀의 길로 들어서는 일은 절대 없을 거요. 지옥으로 갈 테니까.

그러더니 콧수염을 만지작거리면서 무엇인가를 골똘히 생각한 다음 다시 그러더군.

에스파냐에는 완벽한 독재, 그러니까 시계처럼 완벽한 히틀러 같은 스타일의 독재는 이루어질 수가 없어요. 하사, 왜 그런 줄 알아요? 여자들, 바로 그 여자들 때문이오. 에스파냐 여자들은 절반이 창녀이고, 나머지 절반은 수녀들이요. 당신한테는 안됐지만, 난 창녀들만 상대했어요.

하하하.

그 얘기는 군대에서 나온 음담패설이었어.

저도 그런 얘기들은 좀 압니다만, 음담패설에는 영 젬병이거든요. 내가 그 말을 받았지. 옛날에 음담패설로 불리는 개가 있었는데, 그 개가 죽고 나자 음담패설도 끝장났다더군요.

하하하. 이렇게 실없는 갈리시아 양반이 또 있을라나!

지옥으로 간다. 당신이 수녀의 길로 들어서는 일은 절대 없을 것이다……. 에르발은 형사의 말을 떠올리면서 앞으로는 서신 검열을 포기할 생각이라고 말했다.

걱정 마시오. 형사가 거들먹거리며 대답했다. 앞으로 여기 서신들은 우리 경찰서를 거치도록 조처할 테니까.

수녀가 의사를 좋아했다고 생각하세요? 마리아가 아까부터 마음속에 담고 있던 호기심을 드러내며 묻는다.

내가 그랬잖아. 그 의사한테는 무엇인가가 있다고. 그자는 여자들한테 피리 부는 사나이였던 거야.

사람들은 다 바르카가 언제 잠을 자는지 잘 몰랐다. 그는 항상 손에 쥔 책과 함께 밤을 샜다. 환자들의 병동에서 녹초가 되어 있을 때도, 바깥에서 혼자 드러누워 있을 때도 그의 가슴에는 책이 펼쳐져 있었다. 이사르네 수녀가 빌려준 책들이었다. 두 사람은 환자들이 신선한 밤공기를 마시러 밖에 나갈 때까지 자신들이 읽은 책을 화제로 대화를 나누었다.

두 사람은 달빛을 받으며 소나무 숲을 거닐었다.

두 사람 사이에는 에르발도 모르는 사실이 하나 있었는데, 그것은 이사르네 수녀가 다 바르카 의사에게도 지옥으로 꺼지라는 말을 내뱉은 것이었다. 의사가 포르타 코엘리로 옮긴 뒤, 그러니까 이듬해 봄에 테레사 성녀 때문에 생긴 일이었다.

이사르네 수녀는 실망을 금할 수가 없었다.

다 바르카 선생님, 선생님은 나를 실망시키는군요. 당신이 종교인이 아니라는 건 알고 있었지만, 그래도 감성적인 분이라고 생각했는데.

다 바르카가 그 말을 받았다.

감성적이라고요? 『인생의 책』에서 그분은 이렇게 말했

습니다. '내 가슴이 아팠다'고. 그렇습니다. 그분은 가슴이 아팠던 겁니다. 우리 몸의 심장이 아팠던 겁니다. 그분은 협심증이 있었고, 심장 경색을 앓았어요. 그래서 병리학의 대가인 노보아 산토스 박사는 납골당이 있는 알바로 갔고, 거기서 성녀의 심장을 조사했습니다. 수녀님, 노보아 선생은 정직한 분입니다. 제 말을 믿어야 합니다. 선생은 성녀의 가슴에 생긴 종양이, 다시 말해 천사의 창에 찔린 흔적이 바로 살쿠스 아트리오아우리쿨라르(salcus atrioauricular), 즉 심방으로부터 심이(心耳)들을 분리하는 주름 때문이었다는 결론에 도달하고, 판막 자체가 경색된 흔적을 발견하게 됩니다. 이어 선생은 강조합니다. 임상의의 눈은 시를 설명할 수 없지만, 어떤 시는 임상의의 눈이 모르는 것을 아주 잘 설명할 수 있다고. 그 시는 이런 겁니다. '나는 내 속에 살지 않으면서 살아 있고, 고귀한 삶을 기다리다가, 나는 죽지 않기 때문에 죽는다.' 죽지 않기 때문에 죽는다! 이처럼 그 시는……

경이롭군요!

그렇습니다. 동시에 그 시는 의학적인 징후를 얘기하기도 합니다.

의사 선생님, 듣자 하니 조악하기가 이를 데 없군요. 우리는 지금 시에 대해, 숭고한 시구에 대해 얘기하고 있어요. 하지만 선생님은 마치 검시관처럼 내장 이야기만 하고 있잖아요.

용서하십시오. 나는 병리학자(patólogo)입니다.

그렇군요. 하지만 그 말이 내 귀에는 '미친 오리(pato loco)'로 들리네요.

이사르네 수녀님, 잘 들어요. 수녀님, 그 시구들은 독창적입니다. 그 어떤 병리학자도 병을 그런 식으로 묘사할 수는 없을 겁니다. 그 시는 허약함을, 즉 협심증이 유발하는 일시적인 죽음을 문화적 표현으로, 혹은 수녀님이 듣고 싶은 말로 하면 영혼의 표현으로 변형시킨 겁니다. 시가 만들어낸 일종의 한숨이란 말입니다.

당신한테는 죽지 않기 때문에 죽는다는 게 한숨에 지나지 않는다는 거예요?

그렇습니다. 정제된 한숨이라고나 할까요?

오, 성모마리아여! 의사 선생님, 당신은 어찌 그렇게 차갑고, 어찌 그렇게 냉소적이고, 어찌 그렇게…….

어찌 그렇게, 뭡니까?

어찌 그렇게 오만한가요. 당신은 그 오만함 때문에 하느님을 못 알아보는 거예요.

그 반대입니다. 오만함이 아니라 겸허함 때문입니다. 테레사 성녀와 신학자들이 진실로 하느님을 향해 다가가려면 병리학의 영역에 빠져드는 오만함과 함께해야 합니다. '나의 간수인 하느님을 보아라!' 내가 충심으로 원하는 하느님은 구약성서의 하느님입니다. 하느님은 자신의 위치에서 삼라만상을 이끌어갑니다. 할리우드 영화를 끌어가는 감독처럼 말입니다. 저는 테레사 성녀의 하느님이 성녀의 진짜 모습을 거둬주길, 성녀의 고뇌에 함께하지 못하는 아둔한 인간들을 거둬줬으면 합니다. '주님을 즐겁게 해주지 못하는 삶은 이 얼마나 고통스러운가!' 수녀님, 수녀님은 왜 테레사 성녀가 불가능한 사랑에 빠져 있었다는 걸 감안하지 않는 겁니까? 게다가 테레사 성녀는 개종한 유대인의 딸이자 손녀였기에, 안 그런 척해야 했던 겁니다. 그래서 감옥에 대해, 영혼의 쇠사슬에 대해 언급했던 겁니다. 그분은 협심증을, 즉 자신의 신체적 허약함을 표출하고 있지만, 거기에는 참된 사랑에 대한 불가능도 포함되어 있습니다. 실제로 그분의 고해를 들었던 분들 중에는 지적이고 매력적인 존재들이 없지 않았습니다.

아무래도 이만 물러나야겠군요. 당신 말을 듣고 있자니 구역질이 나네요.

왜요? 이사르네 수녀님, 저는 영혼을 믿습니다.

영혼을 믿는다고요? 그래서 영혼을 마치 분비물처럼 얘기하는 건가요?

정확히 아닙니다. 물론 우리 영혼을 구성하는 재질이 세포의 효소라는 사실에 모험을 걸 수 있지만 말입니다.

당신은 괴물이요. 친절의 탈을 쓴 괴물이라고요.

테레사 성녀는 중세의 성채를 '성스러운 유리 장인의 손으로 세공된 다이아몬드의 모든 것'으로 비유합니다. 하필 왜 다이아몬드일까요? 제가 시인이었다면, 물론 누가 저를 시인이라고 부를 리 없겠지만, 아무튼 저는 눈송이로 표현했을 겁니다. 세상에 똑같은 건 없습니다. 똑같은 건 결국 태양 앞에서 또 다른 자신의 존재에 의해 사라지게 되어 있습니다. 세상 사람들이 말하는 불멸, 이 얼마나 고루합니까! 우리 인간의 육체와 영혼은 묶여 있습니다. 음악과 악기처럼 말입니다. 이와 마찬가지로, 사회적 고통을 야기하는 불의에는 그 배경에 영혼을 파괴하는 가장 끔찍한 장치가 도사리고 있습니다.

당신은 내가 왜 여기에 있다고 생각하세요? 나는 신학자가 아니에요. 나는 고통에 맞서 싸우는 거예요. 당신들이, 소위 영웅이라는 자들이 일방적으로 편을 가른 채 보통 사람들에게 안겨주는 그 고통 말예요.

또 틀렸습니다. 이제 그만해야겠군요. 수녀님, 저는 그 어떤 쪽도 아닙니다. 나치의 의사들이 말하듯, 저는 삶의 밑바닥에, 살아 있을 가치가 없는 삶들의 영역 밑바닥에 있습니다. 저한테는 하느님의 우측에 앉아 있는 당신처럼 어디 앉아서 한숨을 돌릴 만한 여유조차 없습니다. 하지만 이사르네 수녀님, 딱 하나만 더 얘기하겠습니다. 만약에 하느님이 존재한다면 그분은 분명 정신분열증 환자라는 겁니다. 지킬 박사와 하이드 같은 존재랄까? 물론 당신은 당연히 선한 쪽이겠지요.

무슨 이유로 나를 끼워 넣는 거예요?

저는 당신이 무슨 색깔인지조차 모릅니다.

이사르네 수녀가 느닷없이 백색 두건을 벗었다. 그리고 고개를 가볍게 흔들어대자 긴 머리가 자연스럽게 흘러내렸다.

그녀가 입을 열었다.

보여요? 자, 봤으면 이제 지옥으로 꺼져버려요!

그가 대답했다.

거기에 별이 있다 한들, 그건 저하고는 상관없는 일입니다.

마리아, 너는 다른 별에 어떤 존재들이 있을 거라고 생각해본 적 있어? 에르발이 뜬금없이 마리아에게 묻는다.

모르겠어요. 마리아가 알쏭달쏭한 미소를 지으며 대답한다. 전 여기 출신이 아니잖아요. 신분증도 없는 걸요.

수녀와 의사는 하늘에 대해서도 많은 이야기를 나누었

지. 에르발이 다시 입을 연다. 성자들의 하늘이 아니라 별들이 떠 있는 하늘 말이야. 저녁 식사가 끝나고, 환자들이 산책을 하는 동안, 두 사람은 별 헤아리기 경쟁을 벌였는데, 들어 보니 아주 오래전에는 다른 행성에 생명체가 있다고 주장하던 현자를 불에 태워 죽였던 모양이야. 두 사람은 전에 없이 활기찬 모습이었어. 하늘에 사람들이 있었다는 이야기에도 서로 의견이 맞았고. 두 사람은 그런 게 이 세상을 위한 일이라고 생각했지만, 난 그렇게 생각하지 않아. 더 많은 사람들이 세상의 유산을 나누게 되잖아. 아무리 공부라고 해도 그렇지, 두 사람은 약간 미친 것 같았어. 하지만 둘의 대화를 듣고 있자니 재미는 있더군. 사실 하늘을 오래 보고 있으면 하늘에서 더 많은 별들이 나타나는 건 당연하잖아. 이런 말이 있지. 우리 눈에 보이는 어떤 것들은 이미 존재하지 않는다고. 빛이 우리한테 도착하기까지 너무 오래 걸리고, 우리한테 도착할 때는 이미 사라진 상태라는 거지. 빌어먹을, 보이는 게 존재하지 않는다니, 뭘 어쩌겠다는 거야! 하긴 모든 게 그런 식일지도 모르지.

그건 그렇고, 그 뒤로는 어떻게 됐어요? 마리아가 참지 못하고 묻는다.

어떻게 되긴, 다시 붙잡혀서 병원을 떠났지. 젠장, 문제는 나까지 된통 당했다는 거야. 그곳 날씨가 나한텐 딱 좋았는데! 거기서 사는 것도 과히 나쁘지 않았어. 아무튼 그때부터 나는 아무도 감시하지 않는 감시자가 됐지. 아무도 도망치지 않았거든. 왜냐고? 왜냐하면 에스파냐 방방곡곡이 감옥이었거든. 그건 사실이었어. 히틀러는 유럽을 점령했고, 모든 전투에서 승리하는 바람에 빨갱이들은 갈 데가 없었던 거야. 그 상황에서 누가 도망치려고 했겠어? 다 바르카같이 미친놈들이 아니고선.

그런데 포르타 코엘리의 격리 요양소에서 1년 남짓 지났을 거야. 하루는 아리아스 형사가 경찰들을 데리고 요양소에 나타났더군. 낌새가 심상찮았어. 형사가 그러는 거야. 그 의사 놈을 당장 데려오시오. 물론 나는 형사가 누구를 말하는지 알고 있었지만 모른 체하며 물었지. 어떤 의사 말입니까? 그러자 형사가 역정을 내는 거야. 이봐요, 하사 양반. 다니엘 다 바르카라는 의사 놈을 당장 데려오란 말이오.

다 바르카 의사는 대병동의 환자들을 회진하고 나서 수녀들과 새로 들어온 환자들에 대해 대화를 나누고 있더군. 물론 그 자리에는 이사르네 수녀도 끼어 있었고.

다 바르카 선생, 날 따라오시오. 물어볼 게 있다는군요.

그사이 하얀 옷을 입은 수녀들이 무언의 시선을 교환

하더군.

나를요? 의사가 의아한 표정으로 물었어. 석탄 광부들인가요?

아니오. 내가 대답했지. 벌목공들이던데요.

내 입에서 농담이 흘러나온 거야. 처음이었어. 다 바르카는 그런 나한테 고마워하는 것 같더군. 무심한 표정이었지만, 나를 똑바로 바라본 것은 그때가 처음이었던 거야. 반면 이사르네 수녀는 화들짝 놀라는 눈치였고.

이봐요, 차초 씨. 아리아스 형사가 다 바르카 의사에게 물었다. 그 왼손잡이는 요즘 어떻게 지내시오?

다 바르카는 당당한 자세를 유지했다. 목소리 역시 당당했다. 이 계절에는 게임이 없습니다.

형사가 반쯤 태운 담배를 땅바닥에 버리더니 구둣발로 도마뱀 꼬리를 자르듯이 사정없이 짓이겼다.

경찰서로 갑시다. 외과 전문의들이 기다리고 있소.

형사가 다 바르카의 손목을 잡았다. 끌어당길 필요조차 없었다. 다 바르카는 순순히 대기하고 있는 자동차를 향해 걸어갔다.

대체 무슨 일인지…… 누가 설명 좀 해줘요! 이사르네 수녀가 아리아스 형사 앞을 막고 소리쳤다.

저자는 우두머리요. 형사가 대답했다. 수녀님, 저자가 오케스트라 지휘자라고요.

저분은 우리 사람이에요! 이사르네 수녀가 눈에 불을 켜며 소리쳤다. 여기 요양원 소속이라고요. 여기 수녀원 사람이라고요!

수녀님, 당신은 당신 왕국이나 잘 지키세요. 형사가 차갑게 뿌리쳤다. 지옥은 우리가 알아서 지킬 테니까.

의사를 데려가는 경찰들 중 누군가가 낮은 목소리로 이렇게 말했다.

빌어먹을! 성깔 하나 더럽군.

교황보다 더 독한 년이야. 형사가 노기를 참지 못하고 씩씩거렸다. 시동 걸어!

수녀가 그렇게 우는 모습을 본 건 처음이었어. 기분이 이상해지더군. 꼭 호두나무로 만든 어떤 형상이 우는 것 같기도 한 게.

진정하세요, 수녀님. 다 바르카 의사는 어떤 곤경에 처하더라도 잘 빠져나오잖아요.

사실 나는 누구를 위로하는 일에 전문가가 아니었어. 결국 이사르네 수녀는 나를 두 번이나 지옥으로 보냈던 거야.

지옥으로 꺼져버려요!

사흘째 되는 날, 다 바르카 의사가 병원으로 돌아왔어. 몰라보게 수척해져 있더군. 경찰은 그자가 새장에서 지저

귀고 있다는 사실은 상상도 못한 채 차초라는 자의 뒤만 캐고 있었나 봐. 의사를 데려온 간수들 중 하나가 말해주더군. 다 바르카는 레지스탕스들 사이에서 전설이었대. 편지에서 암시하는 선수들의 플레이와 축구 전술에 관한 코멘트들은 실제로 비밀조직 사이에서 암호화된 정보였고. 그러고 보면 공화국 시절부터 감방에 갇혀 있을 때까지 다 바르카는 살아 움직이는 비밀문서나 다름없었던 거야. 모든 정보를 자기 머릿속에 넣고 있었으니까. 그리고 의사가 직접 쓴 것들은 다른 증거물과 함께 영국과 미국 언론에 공개된 모양이야. 이제 곧 새로운 재판이 시작된다더군.

하지만 이미 종신형을 받았잖아요!

그러니까 감방에 다시 처넣겠다는 거겠지. 혹시라도 부활할까 봐서.

보아하니 의사를 무지막지하게 다뤘던 모양이야. 하지만 의사는 경찰서에서 일어난 일에 대해 일언반구도 없었어. 이사르네 수녀가 고문 받은 흔적을 찾으려고 의사의 얼굴을 세세히 살피는데도 묵묵부답이더라고. 목에, 정확히 말하자면 귀 밑쪽으로 검은 혈흔이 보이는데, 수녀가 손가락으로 그 부위를 건드리자 마치 불똥에 덴 것처럼 확 뿌리치는 거야.

수녀님, 관심을 가져줘서 고맙습니다. 이제 그들은 날

여기보다 더 눅눅한 곳으로 보낼 겁니다. 갈리시아에 있는 산 시몬 섬으로.

이사르네 수녀는 시선을 창가로 돌렸다. 창문 너머 산길이 보이고, 그 뒤로 금작화가 황금 장식처럼 드리워져 있었다. 그녀가 이내 해맑은 미소를 지었다. 어린 수녀 같은 미소를.

보여요? 하느님이 문을 닫고, 새로운 문을 여네요. 하느님은 그 문 근처에 계실 거예요.

그래요, 그거 좋은 일이군요.

가시더라도 내가 보내는 포옹을 부탁해요. 그리고 잊지 마세요. 두 분의 결혼식에 내가 있었다는 거.

전해줄게요. 당신의 그 힘찬 포옹을.

　다니엘 다 바르카는 눈으로 누군가를 찾고 있었다. 그러
나 일렬로 나 있는 병동의 창문에는 어디에도 그가 찾고
있는 하얀 비둘기 두건을 쓴 그녀는 보이지 않았다. 환자
들과 일일이 작별 인사를 나눈 다음 출구로 나오자 메르
세데스 교단 합창대가 기다리고 있었다. 거기에도 없었다.
이사르네 수녀는 예배를 드리는 중이에요. 가장 나이가 많
은 수녀가 귀띔을 주었다. 다 바르카가 고개를 끄덕였다.
다들 의사를 지켜보며 의사와 눈이 마주치기를 고대하고
있었다. 그들의 하얀 옷이 산들바람에 나풀거리며 하얀 작
별을 보냈다. 작별 인사를 해야 할 텐데. 그는 마음속으로
생각했다. 아니, 차라리 안 하는 게 나을지도. 그는 인사
대신 환한 미소를 보냈다.

수녀님들에게 나의 축복을! 그는 마치 추기경처럼 허공에 성호를 그었다.

수녀들이 소녀들처럼 해맑은 웃음으로 화답했다.

그런데 아무 말도 안 했어요? 마리아가 눈을 반짝이며 에르발에게 묻는다. 내가 무슨 말을 해! 나 역시 떠났던 것처럼 돌아서는 길이었는데. 그자의 그림자로.

아쉬운 석별이었다. 이러한 이별의식에는 호송 책임자인 가르시아 중사의 의도가 깔려 있었다. 상부의 지시입니다. 중사는 의사의 손목에 수갑을 채우며 말했다. 곤혹스럽겠지만 어쩔 수 없습니다. 상부에서 하달된 명령서에 따르면 수감자 호송에는 '갈리시아로 전임하는 에르발 하사가 동행할 것', 종신형을 받고 있는 의사에 대해서는 '체제에 대해 불만을 지닌 요시찰 대상'이라고 명기되어 있었다. 때문에 중사는 격리 수용소로 올라가는 동안에도 경계심을 늦추지 않았고, 십자가를 등에 짊어진 고행자마냥 에스파냐 전역을 통과해야 할 고생길을 생각하면서 스스로 각오를 다졌다. 격리 요양소에 들어선 그가, 수녀들이 건네준 꽃다발을 들고 있는 다 바르카를 보자마자 손목에 수갑을 채우며 의사의 환상부터 깨트린 것도 그런 이유였다. 지식인이라는 자들은 집시 같아서 일단 기선부터 제압해야 한다는 어느 늙은 특무상사의 충고를 떠올렸던 것이다.

이건 숫제 시체나 다름없잖아. 첫 기착지인 마드리드행 발렌시아발 기차 안에서 중사가 에르발을 지켜보며 마음속으로 중얼거렸다. 수감자를 호송한다는 자가 어찌 저럴 수가. 아주 지루하기 짝이 없는 놈이군. 아침이면 말수가 적어지는 술꾼, 아니, 제 세상에 꼼짝없이 갇혀 사는 샌님 같은 놈이잖아. 이런 식으로 비고까지 갔다가는 눈까풀에 거미줄이 내려앉고 말 거야.

의사 선생, 말 좀 물읍시다. 가르시아 중사가 마침내 입을 열었다. 발렌시아에서 마드리드의 노르테 역으로, 거기서 갈리시아행 특급열차로 갈아탄 뒤에도 누구 하나 말이 없자 도저히 참을 수가 없었던 것이다. 당신이 책 읽는 걸 방해하는 건 알겠는데, 물어볼 게 있어서요. 오래전부터 내 머릿속을 맴돌던 문제가 하나 있는데, 당신은 의사라서 잘 알겠지만, 도대체 우리 인간은 왜 항상 하고 싶은 거요?

섹스 말입니까?

바로 그거요. 중사가 웃음을 터뜨리더니 양 주먹을 위아래로 붙여 놓고서 쓱쓱 문지르며 말했다. 짐승들은 발정이 났다가도 금방 멈추지만 인간은 아니잖소. 안 그렇소? 그놈의 물건이 항상 딴딴하단 말이오.

당신이 그렇다는 말인가요?

천만에. 나는 여자를 봐야 느낌을 알 수 있어. 다들 그렇지 않소? 설마 그런 걸로 병이 걸렸다는 말은 하지 마시오!

정확히 아닙니다. 그건 증후지요. 그런 증후는 그런 일들이 전혀 이뤄지지 않는 나라에서 자주 발생합니다. 의사는 중사가 그러했듯 양 주먹을 쓱쓱 문지르며 덧붙였다. 내 말을 이해했을 거요.

가르시아 중사는 의사의 말에 즐거워하면서 폭소를 터뜨리며 에르발에게 고개를 돌렸다. 어이, 하사. 이 양반 참 교활하지 않나?

난 기분이 썩 좋지 않았어. 에르발이 천천히 입을 뗀다. 마리아가 그를 지켜본다. 발렌시아로 떠나고 나서 1년 남짓 지난 뒤에 내 고향으로 돌아가는 길이었거든.

그들이 탄 특급열차는 지난봄에 눈밭에서 길을 잃고 헤매던 철로 위를 달리고 있었다. 화창한 봄이었다. 화사한 햇살에 의사의 손목에 채워진 수갑이 손목시계처럼 빛났다. 그러나 에르발은 의식이 가물가물했다. 마치 차갑고 축축한 베개에 얼굴을 파묻고 있는 것 같았다.

하사, 괜찮은 거야?

네, 중사님. 간만에 기차를 탔더니 잠이 쏟아지는군요.

긴장을 풀게. 참, 의사 양반. 긴장이란 어떤 거요? 그게 당(糖)과 연관이 있다던데, 맞는 말이오?

가르시아 중사는 말이 많았다. 일단 입이 열리자 한시도 가만있지 못했다. 잠시 대화가 끊기면서 다 바르카 의사가 다시 책으로 눈길을 돌리면 그는 단조로운 열차의 소음에서 벗어나기 위해 또 다른 화두에 골몰했다. 두 사람이 창가 쪽 의자에 앉아 서로 마주 보는 동안 에르발은 무릎 위에 무기를 내려놓은 채 잠이 들었다. 객실은 텅 비어 있었다. 그들뿐이었다. 열차가 어느 역으로 들어섰다. 날은 이미 어두워져 있었다. 에르발은 문이 열리는 소리에 눈을 떴다. 어느 여자가 객실로 들어섰다. 품에는 한 아이가 안겨 있고, 그녀의 손에는 다른 아이의 손이 쥐어져 있었다. 머리에 손수건을 두르고 있었다. 그녀가 목소리를 낮추었다. 애야, 더 가야 해. 여기가 아니란다.

에르발은 다시 잠이 들었다. 다 바르카 의사가 이사르네 수녀에게 하는 말이 들렸다. 기억이란 엔그램입니다. 그게 어떤 건데요? 뇌에 생긴 흉터라고 할 수 있습니다. 그사이 사람들이 나타났다. 일렬로 대열을 이루고 있었다. 그들은 손에 쥔 끌로 에르발의 머리에 흉터를 내기 시작했다. 그는 그들에게 그러지 말라고, 머리에 흉터를 내지 말라고 말했다. 한 여자가 나타났다. 마리사. 어린 시절의 마리사였다. 그는 그녀에게 자기 머리에 흉터를 만들어달고 했다. 이어 삼촌이 나타났다. 난 삼촌이었다. 그의 머리가 오리나무 조각으로 변했다. 삼촌이 그의 머리를 가볍게 자른 다음 코를 들이대며 쿵쿵 냄새를 맡았다. 이어 덫을 놓는 삼촌이 나타나 칼을 높이 치켜들었다. 에르발, 정말 미안하구나. 삼촌, 찔러요. 그가 애원했다. 어서 찌르라니까요. 그러나 그의 머리는 어느새 아스투리아스에 있는 채탄장에서 석탄가루를 뒤집어쓴 모습으로 나타났다. 어떤 여자가 울부짖자 장교가 고함을 질렀다. 쏴, 빌어먹을, 어서 쏘라니까! 골치가 아파 죽겠다고! 그가 소리쳤다. 안 돼요, 제발, 흉터만은 안 된다고요.

국도 옆으로 산이 보였다. 8월의 밤하늘에 달이 떠 있었다. 그의 눈앞에 덫을 놓는 자의 얼굴을 한 제복 차림의 소년이 나타났다. 그는 소년에게 왜 나한테 이런 흉터를 만들어주는 것이냐고 물으려다 연필을 떠올렸다. 목수의 연필을. 그때였다. 머리에 손수건을 두른 여자가 나타났다. 애야, 더 가야 해. 여기가 아니란다. 눈을 떴다. 꿈이었다. 온몸이 식은땀으로 흥건히 젖어 있었다. 에르발은 허둥지둥 소지품이 담긴 자루 속을 뒤지기 시작했다.

이봐, 하사! 드디어 자네 고향에 들어선 모양이야. 비 오는 게 안 보여? 그건 그렇고, 자넨 나한테 빚을 졌어. 덕분에 내가 불침번을 세 번이나 섰잖아!

그러더니 낮은 목소리로 중얼거렸다. 젠장, 근무자세가

그게 뭐야! 폭탄이 떨어져도 모르겠더군.

에르발은 자루 속에서 연필을 꺼냈다.

잘 있었나, 에르발! 화가가 말했다. 이제 몬포르테에 들어섰군. 우린 여기서 헤어져야겠어. 나는 북쪽, 코루냐로 갈 거고, 자네는 남쪽으로 가겠지. 에르발, 저 친구 잘 부탁해!

하지만 내가 뭘 할 수 있단 말이오? 에르발이 투덜거렸다. 난 혈연도 끊었어요. 게다가 산 시몬이 아니라 다른 곳으로 전출될 거요.

이봐, 저길 보라고. 화가가 말했다. 저 여자를 보라니까!

거기 있었다. 머리에 두른 붉은 손수건, 두 눈 속에 살아 있는 무지개. 그녀가 플랫폼에 깔린 안개 사이로 나타났다. 다 바르카는 수갑이 채워진 손을 들어 손가락으로 차창을 두드리며 소리쳤다.

마리사!

순간 그렇게 말이 많던 가르시아 중사의 입이 닫혔다. 마치 유리창이 자기 눈앞에서 영화관의 스크린으로 변하기라도 한 것처럼.

잘 가게, 에르발! 화가가 속삭였다. 난 내 아들이나 보러 가야겠어.

내 아내요! 다 바르카 의사가 수갑이 채워진 손으로 중사의 손을 잡고 흔들며 소리쳤다. 마치 여왕의 귀환을 알리기라도 하듯.

그랬다. 그녀는 여왕이었다. 아니, 어쩌면 패션의 여왕이 더 어울렸는지도 몰랐다.

가르시아 중사는 미처 생각지도 못한 일이 일어난 거야. 에르발이 웃으며 마리아에게 말한다. 나 역시 몰랐어. 그녀가 열차 안으로 들어서는데, 예포를 쏘아야 할지 무릎을 꿇어야 할지 참으로 난감하더군. 물론 나는 달갑지 않는 사람처럼 대했지.

마리사는 새참용 광주리를 들고 있었다. 팔소매가 없는 원피스 차림이었다. 온통 꽃무늬였다. 어두운 감방 안으로 화사한 봄의 정원이 들어선 것 같았다. 동시에 꿀벌이, 모든 살아 있는 생명체가 활기를 띠는 것 같았다. 포옹. 뜨거운 포옹은 피할 수 없는 두 사람만의 첫인사였다.

두 사람이 포옹하는 걸 보니 기분이 영 더럽더군. 수갑이 채워진 의사의 양팔이 마리사 등 뒤로 미끄러져 내리다가 허리에서 멈추는 거야. 딱 거기, 골반이 시작되는 지점까지 말이지.

가르시아 중사는 두 사람을 떼어놓아야 한다고 생각했다. 열차가 움직이려면 달리 방도가 없었다. 중사의 상냥한 표정이 돌연 무쇠가위처럼 변했다. 두 사람의 몸이 떨어졌다.

중사, 내 아내요. 다 바르카가 아내의 이름을 반드시 새겨주려고 작정한 사람처럼 거듭 말했다.

여기까지 줄곧 함께 왔지만, 의사 선생, 당신 아내가 기다리고 있다는 얘기를 한 적은 없잖소. 중사는 그렇게 말하고 플랫폼에 있는 역무원들을 가리키며 소리쳤다. 이 서커스가 끝날 수 있게 도와주지 않겠소?

중사님, 이 사람은 아무것도 모르고 있었어요. 마리사가 말했다.

중사는 프랑스어를 듣기라도 한듯 멍한 눈으로 마리사를 바라보다가 그녀가 내미는 전보를 받아들었다. 포르타코엘리의 격리 요양소에서 보낸 전보에는 이사르네 수녀의 서명과 열차 시간표가 적혀 있었다.

의사 선생, 나도 빡빡하게 굴고 싶진 않소만, 두 사람이 부부라는 사실을 어떻게 확인할 수 있겠소? 가르시아 중사가 말했다. 말로는 소용없고, 필요한 문서로 말이오.

그 순간 나는 겁쟁이가 되버렸어. 에르발이 고백하듯 마리아에게 말한다. 사실은 이렇게 말하고 싶었거든. 두 사람이 부부라는 건 나도 알고 있다고. 하지만 입술이 떨어지지 않는 거야.

문서도 갖고 있어요. 마리사가 당당하게 말하며 새참

광주리에서 서류를 꺼냈다. 그때부터 가르시아 중사의 태도가 바뀌었다.

인상적인 장면이었는데, 그렇다고 그 시절이 그리운 건 아니야. 하지만 그 여자는 밤을 낮으로 바꿔놨어. 칭기즈 칸이 거기 있었으면 '비베세르사(vivecersa. 라틴어 '비세베르사viceversa'의 오기. 뜻은 '거꾸로' 혹은 '반대로'이다.—옮긴이)'라고 말했겠지.

중사는 마치 어떤 절차를 밟듯 주위를 돌아보더니 의사의 수갑을 풀어주었다.

함께 앉아도 좋습니다. 중사는 창가를 가리키고 광주리를 내려놓은 자리 옆에 앉았다. 대단한 식탐이었다.

다 바르카는 마리사의 손을 꼭 붙잡더군. 마리아가 둘이 어떻게 했느냐고 묻기도 전에 에르발이 입을 연다. 그러고는 마치 손가락이 없을까 봐 걱정하는 사람처럼 마리사의 손가락을 하나하나 세는 거야. 마리사는 그런 의사를 쳐다보기만 해도 잘못될까 봐서 하염없이 눈물만 흘리고.

그때였다. 다 바르카가 벌떡 일어선 것은. 중사, 담배 한 개비 태우지 않겠소?

두 사람은 열차 통로 끝으로 자리를 옮겼다. 그리고 한 개비가 아니라 줄담배를 태우기 시작했다. 열차가 이름 모를 풀과 라일락이 어우러진 미뇨 강변을 달리는 동안 그들

215

의 대화는 마지막 선술집에서 술잔을 기울이는 취객들처럼 길어지고 있었다.

그러는 동안 나는 잠을 청했던 한쪽 구석에서 그녀를 안타깝게 바라다보고 있었지. 당장이라도 창밖으로 무기를 내던져 버리고 무작정 껴안고 싶더군. 하지만 마리사는 아무것도 모른 채 눈물만 흘리고, 나 역시 그때부터 아무런 생각조차 나지 않는 거야. 다음 역까지는 불과 몇 분밖에 안 남았는데, 뭘 어떻게 해야 할지……. 그게 마지막이었어. 그 뒤로 나는 감옥에서 세월을 보내느라 패션의 여왕을 바라볼 기회조차 갖지 못했거든. 아무튼 그 와중에도 중사와 의사의 대화는 장돌뱅이들처럼 계속되고, 그렇게 우리는 비고에 도착했지.

이상했다. 에르발은 중사가 의사에게 수갑을 채우지 않는 것을 도무지 이해할 수 없었다. 아니나 다를까, 중사가 에르발을 따로 불렀다. 이봐, 이 일은 쥐도 새도 모르게 처리해야 해. 나중에라도 혓바닥을 놀리면, 설사 그곳이 지옥이라고 한들, 내 끝까지 쫓아가서 네놈 주둥이에 총알을 박아줄 거야. 무슨 말인지 알겠나?

걱정 마십시오, 중사님.

알아들었으면 자네 몫을 챙기라고. 이런 빌어먹을, 딴전을 피우란 말이야!

에르발은 손에 와 닿는 지폐의 감촉을 느끼며 바지 주머니에 찔러 넣었다.

우리 둘만 아는 거야, 알겠나?

에르발은 여전히 영문도 모른 채 대답 대신 중사만 바라보았다.

좋아, 그렇다면 우리가 저 커플한테 기회를 주자고. 어차피 부부잖아.

그제야 에르발은 깨달았다. 가르시아 중사가 다 바르카 의사의 최면제 같은 눈빛과 달변 앞에서 이성을 잃은 것이라고. 중사에게 건넨 액수가 넉넉하지 않을 텐데, 대체 무슨 짓을 꾸민 거야!

다니엘은 본래 경이로운 인물이잖아. 화가가 말했다.

아니, 당신은 진작 떠나지 않았던가요? 에르발이 흠칫 놀라며 반문했다. 역시 내 생각이 맞았어. 그러니 내가 어찌 이대로 이 여행을 포기할 수 있겠나!

하사, 이제 어떻게 하지? 중사가 물었다. 의사는 자네가 잘 알 거라고 하더군. 여기 비고에 대해서는 누구보다 훤할 거라면서.

화가가 주먹으로 에르발의 관자놀이를 툭 치며 말했다. 드디어 진실의 시간이 다가왔군. 에르발, 어서 나서지 않고 뭐하는 거야!

중사님, 여기서 가까운 호텔이 있습니다. 거기서 첫날밤을 치러야겠네요.

그사이 마리사는 모든 것을 뒤로한 채 역사를 향해 걸어가고 있었다. 소리 없이 울면서. 아름다웠다. 에르발의 눈에는 떨어지기 직전의 동백꽃처럼 보였다. 더없이 아름다웠다. 마침내 다 바르카가 그녀를 따라잡았다. 그러나 마리사는 그의 손길을 뿌리쳤다. 왜요? 당신은 다니엘이 아니에요. 당신은 내가 기다리던 그 사람이 아니라고요. 다 바르카가 그녀의 어깨를 붙잡고 앞에 섰다. 그녀를 껴안고 귀에 대고 속삭였다.

잘 들어요. 아무것도 묻지 말고, 날 따라와요. 마리사는 그제야 원래 모습으로 돌아왔다.

신부의 얼굴이 환해지더군. 에르발이 마리아에게 말한다.

그때부터 두 사람은 프린시페 거리를 차분하게 걸어갔다. 어둠이 깃드는 거리에 불이 켜지기 시작하는데, 남의 시선을 피하기 위해 진열장을 기웃거리기도 했다. 목적지인 조그만 호텔에 도착할 때까지. 호텔 앞에서 다 바르카와 시선이 마주치자 중사가 고개를 끄덕였다. 다 바르카와 마리사가 단호한 걸음을 내딛으며 앞장섰다.

안녕하시오. 난 부대장 다 바르카요. 데스크 앞에서 다 바르카가 당당한 어투로 자신을 소개했다. 방 두 개가 필요한데, 하나는 나와 내 아내, 그리고 또 하나는 부하들이 쓸 거요. 알았으면 우리 먼저 올라가겠소. 나머지는 중사가 알아서 할 거요.

알겠습니다, 부대장님. 데스크 직원이 말했다. 사모님도 좋은 밤 되십시오.

안녕히 주무십시오, 다 바르카 부대장님. 에르발이 즉각 격식을 차리며 인사를 한 다음 마리사를 향해 가볍게 고개를 숙였다. 사모님도.

이어 가르시아 중사가 나섰다. 그는 증명서를 보여주면서 데스크 직원에게 말했다. 부대장님을 귀찮게 하는 일이 없도록 각별히 유의하시오. 혹시 무슨 일이 생기면 나한테 알리시오.

참으로 긴 밤이었지. 적어도 우리한테는 그랬어. 물론 두 사람한텐 너무도 짧았겠지만.

산비둘기들이 도망치는 일은 없을 거야. 중사가 객실에 들어서자마자 하사에게 말했다. 하지만 경계를 늦춰서는 안 돼.

그날 밤 두 군인은 신혼부부의 방문 앞에서 교대로 불침번을 섰다. 내가 먼저 서겠네. 가르시아 중사가 에르발에게 눈을 찡긋거리며 방을 나섰다. 세상에 세 번이나! 정말이지 벽에 구멍이 없는 게 유감이군! 교대를 하러 돌아온 중사가 소리쳤다.

바닷가로 밀려 온 아코디언 소리가 나는 게 누군가 울고 있는 것 같더군. 에르발이 마리아에게 말한다.

중사가 노크를 했다. 새벽이었다. 신혼부부의 방문 앞에서 불침번을 섰지만 초조하고 불안한 나머지 뜬눈으로 밤을 샌 뒤였다.

하사, 그자에 대해 진짜 잘 알고 있나?

뭐 그렇게까지는 잘 알지 못합니다. 에르발이 거짓말을 했다.

오늘 일은 자네 마누라한테도 말하면 안 된다는 거 잊지 말게. 중사가 단호한 표정으로 재차 다짐을 주었다.

전 아내가 없습니다. 에르발이 시큰둥하게 대답했다.

그거 잘됐군. 자, 이제 출발해야지!

그들은 들어올 때와 마찬가지로 격식을 갖추기는 했지만 허둥지둥 호텔을 빠져나갔다. 만일 데스크 직원이 호텔 문을 나서는 그들의 뒷모습을 유심히 지켜보았다면 다 바르카 부대장의 손목에 채워진 수갑을 목격했을 것이다. 을 씨년스러운 새벽, 처연한 빛이 감도는 거리에 쓰레기가 나뒹굴고 있었다.

선착장에서 그들을 기다린 것은 이주자 출신 사진사였다. 중사는 사진을 찍으라고 부추기는 사진사를 단호하게 뿌리쳤다. 이봐, 당신 눈에는 뵈는 게 없나?

산 시몬으로 데려갑니까?

무슨 상관이야.

한 번 들어가면 다시는 돌아오지 못하더군요. 거의 대부분이 말입니다. 그러니까 사진 한 장이라도 박아놔야지 않겠습니까? 눈 딱 한 번만 감아주세요.

다시는 돌아오지 못한다고요? 다 바르카가 씁쓸한 미소를 지으며 그 말을 받았다. 하지만 그곳은 인류애를 노래하는 최고의 시가 나왔던 낭만의 요람입니다.(중세 갈리시아 지방의 떠돌이 시인으로 알려진 멘디뇨의 유일한 시를 암시한다. '나, 산 시몬의 외딴 집에 홀로 앉아 있느니. 파도가, 거대한 파도가 밀려오는데……'로 시작하는 아름다운 시는, 시인이 사랑하는 사람을 기다리고 있는 한 여인의 마음을 노래한 것이다.) 하지만 지금은 영구대(靈柩臺)일 뿐인데. 사진사가 혼잣말을 중얼거렸다.

이봐, 뭘 꾸물거리는 거야! 중사가 재촉했다. 수갑 안 나오게 잘 찍으라고!

다 바르카가 뒤에서 마리사를 껴안았다. 마리사는 다 바르카의 수갑을 가렸다. 사진사는 두 사람의 배경에 바다를 채워 넣었다. 그들의 눈가에 첫날밤의 흔적이 남아 있었다. 이윽고 사진사가 늘 해오던 말을 되풀이했다. 두 분, 살짝 웃어 보세요.

마지막으로 그 여자를 본 게 바로 그 선착장이었어. 우리 셋은 배에 올랐지만, 그 여자는 거기 혼자, 밧줄을 매는 말뚝 옆에 서 있었지. 바람이 빗어주는 붉은 색실 같은 긴 머리를 흩날리면서.

다 바르카는 갑판 위에 꼿꼿이 선 채 선착장에 혼자 서 있는 마리사를 지켜보더군. 나는, 나는 잔뜩 겁을 먹은 채 선미에 앉아 있었지. 나는 갈리시아 사람들 중에서 바다에 나가지 않기 위해 태어난 유일한 존재가 틀림없을 거야.

배가 산 시몬의 선착장에 닿자 의사가 선착장 위로 훌쩍 뛰어 올랐다. 주저함이 없었다. 중사가 문서에 서명을 한 뒤 교도관들에게 건넸다.

우리가 떠나기 직전에 다 바르카가 나를 향해 고개를 돌리더군. 나 역시 그를 지켜보았지. 그러더니 이렇게 말하는 거야. 당신은 결핵이 아니라, 심장이 문제요.

저기, 바다 기슭에 있는 여자들 있잖소. 돌아오는 배에서 선장이 말했다. 저 여자들은 세탁부가 아니라 수감자들의 부인들입니다. 보다시피 저 아낙들은 갓난애들을 키우는 광주리에 해산물을 담아 감옥으로 보낸답니다. 옥살이를 하는 남편들의 뒷바라지를 하는 거지요.

그들은 삶이 내게 준 최고의 선물이었어.

에르발은 목수의 연필을 손에 쥐고 신문 부고난의 여백에 십자가를 그린다. 비석에다 끌로 판 것 같은 거친 선이다.

마리아가 세상을 떠난 자의 이름을 소리 내어 읽는다. 다니엘 다 바르카. 고인의 이름 밑으로 그의 아내 마리사 마요와 아들과 딸 그리고 손자들의 이름이 적혀 있다.

부고난의 우측 상단에 보이는 묘비명이 선명하다. 안테로 데 켄탈(19세기 포르투갈 시인이자 사상가. 문학에 있어 형식적인 구세대와의 단절을 외친, 이른바 70년대 '쿠임브라' 세대의 기수로 각광받았고, 나중에는 제1인터내셔널 조직 활동에 참여하기도 했지만, 말년에 스스로 목숨을 끊었다.—옮긴이)의 시다. 마리아가 자

기 나라 억양이 잔뜩 섞인, 서투른 포르투갈 어로 묘비명
을 읽기 시작한다.

내가 잠시 멈추더라도, 내가 계속

눈을 감고 있더라도, 내가 사랑했던 저들은

다시 내 곁에 있을 것이니. 나와 함께 살 것이니…….

에르발, 뭐해요! 철없는 계집애랑 시답잖은 문학이랍시
고 떠들어대면서 내 속을 긁어댈 작정이군요!

이제 막 2층에서 내려온 마닐라가 스탠드바에서 커피를
끓인다. 기분이 아주 좋아 보인다.

나도 시를 아는 사람이 있다고요. 딱 한 명뿐이지만. 신
부였는데, 앵무새와 사랑에 대해 쓴 시가 그렇게 멋질 수
가 없었어요.

당신이 사제 시인을? 에르발이 비아냥거린다.

그럼요, 우린 아주 멋진 커플이었어요. 진짜 매력적인 분
으로, 다른 신부님들과 달리 신사였다고요. 돈 파우스티노
라고, 그분에 따르면 하느님은 여자일 수밖에 없대요. 연회
에 갈 때면 사복으로 갈아입고서 그러는 거예요. 예수님조
차도 날 못 알아볼걸? 참 순진한 면이 없지 않았는데, 세
상이 그분의 삶을 불가능하게 만들어버린 거예요.

그녀는 커피를 한 모금 마시고 나서 현실로 돌아온다. 자, 문학 모임은 이걸로 끝. 30분 안에 문을 열어야 한다고요.

다시는 그들을 만나지 못했어. 에르발이 마리아를 보며 말한다. 그 뒤로 마리사가 아들을 낳았는데, 그때도 다 바르카는 산 시몬에서 복역 중이었지. 그 양반은 50년대 중반에야 풀려나서 라틴 아메리카로 갔다더군. 그게 내가 들은 그들에 대한 마지막 소식이야. 그 뒤로는 아무것도 몰라. 그들이 언제 다시 돌아왔는지조차.

에르발은 손에 쥔 목수의 연필로 손장난을 친다. 자유자재로 움직이는 탓인지 연필은 마치 손에서 떨어져 나간 손가락 같다.

그 후 에르발의 삶도 바뀌었다. 그는 의사를 산 시몬에 인계한 뒤 코루냐로 돌아갔다. 여동생은 병을 앓고 있었다. 머리에 생긴 병이었다. 그는 매제인 살리토 푸가에게 방아쇠를 당겼다. 그 일이 그의 삶을 망쳤다. 사실 늘 염두에 두었던 일이라서 무기를 닦다가 생긴 오발사고라고 얼마든지 둘러댈 수도 있었다. 그 무렵만 해도 오발사고는 흔히 벌어지는 사건이었다. 그러나 마지막 순간에 스스로를 제어하지 못했다. 한 발이 아니라 세 발을 발사한 것이다. 그 일로 에르발은 군대에서 쫓겨나 교도소로 갔다. 그곳에서 마닐라의 남동생을 만났고, 면회를 온 마닐라를 알게 되었다. 아무도 없는 에르발에게 마닐라는 세상과 통하는 창문이 되어주었다. 에르발이 출소를 하자 마닐라가 말했다. 양아치들 때문에 신물이 난다고, 무서운 게 뭔지 모르는 그런 남자가 필요하다고.

그때부터 여기에 있게 된 거야.

화가는, 그 화가는 어떻게 됐어요? 마리아가 묻는다.

한번은 교도소에 있는 나를 찾아왔더군. 가슴이 답답하고 몹시 갈증이 나던 날이었는데, 그 양반 목소리를 듣자마자 숨통이 탁 트이는 거야. 화가가 그러더군. 자네, 알고 있나? 내 아들놈 만났다는 거. 이봐, 자네도 앞으로는 자식에 대한 모성애를 그려보라고.

그거 좋은 지적이군요. 그건 희망을 의미하니까요.

아주 좋아. 에르발, 자네도 이젠 그림을 좀 아는 것 같군.

그 뒤로는 어떻게 됐어요? 마리아가 캐묻는다. 다시 돌아오지 않았어요?

아냐, 한 번도 안 돌아왔어. 에르발은 그렇게 대답했지만 거짓말이다. 다 바르카 의사가 있었으면 그랬을 거야. 영원한 무관심에 빠진 거라고.

마리아가 눈시울을 적신다. 눈물을 참는 법을 배우긴 했지만, 아직까지는 자신의 감성에서 헤어나지 못하는 나이다.

저 비 오는 국도 너머로 금작화가 빛나고 있군. 화가가 에르발의 귓전에서 속삭인다. 그건 그렇고, 뭐하고 있나? 그 연필을 선물하지 않고!

자, 이건 네가 가져. 에르발이 마리아에게 목수의 연필을 건넨다. 내가 주는 선물이야.

하지만…….

받아. 어서 받으라니까.

마닐라는 늘 그렇듯이 허공에 대고 손뼉을 친 다음 문을 연다. 문밖에서 누군가가 기다리고 있다.

요 며칠 전에 왔던 남자군. 에르발이 소리친다. 자자, 어서 가서 손님 받아야지. 그의 목소리가 현실로, 감시자의 톤으로 바뀌어 있다.

넋이 나갔나 봐요. 마리아가 비꼬듯이 말한다. 신문기자라는데, 웬일인지 풀이 죽었더라고요.

신문기자가 풀이 죽었다고? 에르발의 목소리가 혐오스러운 음색으로 변해 있다. 어쨌든 조심해. 침대로 가기 전에 계산부터 하는 거 잊지 말고.

어딜 가는 거예요? 마닐라가 의아한 표정으로 에르발을 바라보며 묻는다.

잠깐만 나갔다 올게. 바람 좀 쐬려고.

그럼 외투를 걸치세요!

아냐, 잠깐이면 돼.

에르발은 문기둥 옆에 기대어 선다. 거센 비바람이 몰아치고 있다. 네온사인의 발키리가 우울하면서 외설스러운 몸짓으로 깜빡거린다. 국도를 오가는 전조등 행렬을 향해 폐차장의 개가 짖어 댄다. 어둠 속에서 끌을 긁는 소리가 들린다. 한숨을 내뱉는 소리 같다. 숨이 턱 막힌다. 신선한 공기를 가슴속 깊이 채워 넣고 싶다. 미치듯이. 그때. 그는 두 눈으로 본다. 국도에 접한 모랫길을 걸어오고 있는 자를. 하얀 신을 신고 있는 죽음의 신성을. 순간 그는 본능적으로 목수의 연필을 찾는다.

젠장! 자, 어서 와! 어서 오라고! 이제 나한테는 아무것도 없어! 아무것도 없다니까! 왜, 그 입을 다물고 있는 거야? 그 빌어먹을 '삶'을 왜, 왜 저주하지 않는 거야? 웃음을 흘리며 그 여자를 데려갔던 아코디언 연주자는 왜, 왜 저주하지 않는 거야……?

에르발! 마닐라가 검은 레이스가 달린 숄을 걸치고 나와 소리친다. 어서 들어오지 않고 거기서 뭐하는 거예요? 비 맞은 개처럼 청승맞게.

환상통이……. 그가 혼잣말처럼 중얼거린다.

뭐라고요?

아냐, 아무것도.

악의 기운에 맞서 투쟁했던 그녀의 위대한 사랑 파코 코메사냐 박사를 회고하던 촌치냐에게.

소아과 의사 안셀 바스케스 델라 크루스에게.

그들이 없었으면 이 이야기는 세상에 나오지 못했을 것이다.

또한 1936년 8월 14일 살해된 화가 카밀로 디아스 발리뇨를 기억하면서. 망명지 몬테비데오에게 세상을 떠난, 『죽지 않았던 그대들』과 『쓸데없는 잔혹함』의 저자 세라르도 디아스 페르난데스를 기억하면서.

나를 폐결핵의 세계로 안내했던 엑토르 베레아 의사에게. 그리고 1933년에 세상을 떠난 일반병리학의 대가 로베르토 노보아 산토스 박사의 매력적인 인간성을 알게 해준 도밍고 가르시아 사벨 의사에게.

또한 사료 조사에 많은 도움을 주었던 디오니시오 페레이라, V. 루이스 라멜라, 카를로스 페르난데스에게.

나에게, 왜 그 이야기를 쓰지 않느냐고 말했던, 그리고 로사 로페스를 통해 내 손에 멋진 목수의 연필을 쥐어준 후안 크루스에게.

숱한 이야기들과 안개에 휩싸인 흐릿한 빛에 생기를 불어넣는 키코 카다발과 수룩소 소우토에게.

빨래하는 아낙네들을 기억하게 해주었던, 그 그림을 그렸던 화가 소세 루이스 데 디오스에게.

파사렐라의 바위들 위에서,

코바 데 라드론스의 언덕에서 나와 함께해주었던 이사에게.

소설, 그 이상의 소설

마누엘 리바스의 『목수의 연필』은 전쟁문학이다. 에스파냐 현대문학에서 전쟁문학이 지니는 의미는 각별하다. 현대사의 비극이었던 내전—혹은 시민전쟁, 혹은 내란—그 자체가 지닌 상흔과, 더불어 중앙 정부와 바스코 지방, 카탈루냐 지방, 갈리시아 지방 같은 자치 정부들 사이에 상존해온 해묵은 역사적 현안, 즉 분리주의 문제 때문이다. 따라서 작품을 읽기에 앞서 에스파냐 전쟁문학의 총체적 배경이라고 할 수 있는 그들의 내전에 대한 이해는 필수적이다.

전쟁은 그 이유와 목적이 무엇이든, 선을 지향하든 악을 지향하든, 목숨을 걸고 승패를 가르는 죽음의 싸움이다. 먹느냐 먹히느냐. 그리고 전쟁이 끝나면 승자는 패자를 지배하고, 패자는 승자의 지배하에 놓인다. 동시에 어떠한 형태로든 살아남은 양자는 씻을 수 없는 상처를 안게 된다. 이는 역사와 함께 해온 전쟁이 살아남은 자들에게 던지는 교훈이자 메시지이다.

에스파냐 내전 역시 승자와 패자의 운명을 극명하게 갈라놓는다. 승자는 군부 쿠데타를 일으킨 프랑코와 그에 동조했던 '국가주의자' 진영이며, 패자는 총선에서 이긴 공화파, 즉 '인민전선' 진영이다. 물론 그들의 전쟁에는 "국민을 위해 국가를 지킨다"는 나름의 명분이 있었다. 승자인 프랑코주의자들은 합법적으로 정권을 쥔 후자를 소련의 조종을 받는 공산주의자들로, 반면에 패자인 공화파 진영은 전자를 체제를 부정하고 전복하려는 파시스트들과 결탁한 보수반동세력으로 보았던 것이다. 그리하여 군부와 파시즘을 표방하는 팔랑헤당, 보수적인 가톨릭교회, 산업자본가, 지주들이 결탁한 우파가 한 축이 되고, 사회주의자와 공산주의자, 무정부주의자, 분리주의자, 도시 노동자와 소작농이 좌파로 나뉘어 격전을 치른다. 그리고 그들의 다툼은 이념과 사상의 각축장이 되면서 온 세계가 주목하는, 동시에 직간접적으로 참여하는 대리전 양상을 띠게 된다. 그들이 원하든 원하지 않든 2차 세계대전을 앞둔 강대국들, 특히 소련과 독일이 자신들의 전략과 군사력을 시험한 전초전이 되었던 것이다.

전쟁의 결과는 늘 그렇듯 참혹하다. 1936년에 프랑코의 유혈 쿠데타로 촉발된 내전은 1939년까지 지속되면서 60만 명 이상이 목숨을 잃고 온 나라가 황폐화된다. 승자는 전리품을 독식한다. 승자는 자신들과 뜻이 다른 자를 적으로 간주한다. 패자는 '빨갱이'라는 낙인이 찍힌 채 숙청당한다. 수많은 공화파 정치인과 지식인들뿐 아니라 무고한 시민들이 자의든 타의든 망명길에 오른다. 이렇듯 "국민을 위해 국가를 지킨다"는 그들의 대의명분은 승자가 패자를 아우르지 못함으로써 그 가치를 상실하고, 모든 것을 잃게 된 것이다. 에스파냐는 양분되고 고립된다. 결국 민주공화국을 꿈꾸던 에스파냐는 군부독재 국가로 남는다. 적어도 독재자 프랑코가 죽어서야 권력에서 물러난 1975년까지는.

결국 전쟁은, 그들의 내전은 역사와 함께 기록으로 침전된다. 종전 후에는 내전에 관한 연구물들이 나온다. 대부분이 검열을 통과한 승자들의 기록이다. 한편 전 세계가, 특히 지성인들이 주목한 전쟁은 문학과 예술작품으로 남는다. 종군기자 로버트 카파의 사진 「어느 병사의 죽음」, 전쟁에 직접 참전했던 조지 오웰의 『카탈로니아 찬가』와 헤밍웨이의 『누구를 위하여 종은 울리나』 등이 그것들이다. 또한 동시대를 겪었던 라틴 아메리카의 시인 파블로

네루다와 세사르 바예호 역시 에스파냐의 고통과 상흔을, 안달루시아 지방 출신의 천재 시인 가르시아 로르카의 죽음을 노래하며, 피카소는 「게르니카」로 전쟁과 폭격에 대한 분노를 표출한다. 한편 에스파냐 현대문학은 망명작가를 중심으로 전쟁문학이라는 새로운 장르가 생겨난다. 소설 장르에는 후안 고이티솔로, 토렌테 바예스테르, 아르투로 바레아, 미겔 델리베스 같은 동시대 작가들이 동참하고, 프랑코 사후에는 전쟁 이후 세대인 젊은 작가들이, 예를 들어 카를로스 폰세카와 헤수스 페레로가 각각 논픽션과 소설로『열세 송이 붉은 장미』를, 하비에르 세르카스가『살라미나의 병사들』을 내놓으며 자국민의 상흔을 어루만진다.

전후세대인 마누엘 리바스의 소설『목수의 연필』역시 전술한 역사적 시점과 배경 위에 위치한다. 이 작품과 연관시켜 덧붙일 게 있다면 공간적 배경인 갈리시아 지방이다. 갈리시아는 포르투갈과 접경한 에스파냐의 북서쪽 극단에 위치한 자치주이며, 주도는 성 야고보를 찾아 떠나는 '산티아고 가는 길'의 종착지이자 기독교 3대 성지 중 하나인 산티아고 데 콤포스텔라이다. 역사적으로 켈트족 갈리시아인이 처음으로 정착했던 그 지역은 그들만의 언어인 갈리시아어를 사용하고, 카탈루냐와 바스코 지방처럼 자신들만의 국가를 원하는, 이른바 지방 분리주의 경향이 도도하게 흐르는 곳이다.

텍스트로 들어가자. 『목수의 연필』은 패자에 대한 기록이다. 패자에 대한 기록이되, 승자인 간수 에르발의 입에서 담담하게, 가끔은 분노를 제어하지 못하는 육성이 흘러나오는 이야기이다. 그래서 더욱 사실적이다. 이 소설에는 크게 두 가지 이야기가 대립되며 전개된다. 하나는 내전 중인 교도소에 일어나는 승자와 패자 간의 대립이다. 물론 그들의 대립은 액션이 난무하는 전투가 아니라 승자가 패자를 이른 새벽에 '산책' 시키는 일방적인 처형극이다. 그 싸움에서 시장, 의사, 전철수, 노동자, 어부, 레슬러, 화가, 정신이상자, 환자들이 희생자로 사라진다. 패자에게 남은 것은 죽음이다. 지옥의 공간에서, 죽음 앞에서 그들은 이념과 계급을 내려놓게 되고 다들 똑같아진다. 그들은 절망보다는 인간의 존엄성을 생각하고, 죽음 앞에서의 의연함을 배운다. 작가는 그들의 이름을—실존 인물이든 익명의 인물이든—일일이 불러주는 한편, 화가가 귀에 꽂고 다니는 목수의 연필을 빌려 후대에게 그들의 모습을 기억하게 한다. 마치 세상 사람들이 영원히 기억하는 산티아고 데 콤포스텔라 대성당의 '포르티코 델라 글로리아(영광의 문)'에 조각된 성자들처럼.

또 하나의 대립은 소설을 처음부터 끝까지 관통하는 러브스토리다. 이 대립 또한 일방적으로, 차이가 있다면 승자와 패자의 입장이 바뀐 것뿐이다. 여기에는 두 개의 대립이 동시에 존재하는데, 하나는 다 바르카와 그의 연인 마리사의 사랑 앞에서 늘 숨어서만 그들을 지켜보는, 마리사를 '세상에서 가장 아름다운 여인'으로 여기는 간수 에르발의 이루어질 수 없는 사랑이며, 다른 하나는 '세상에서 가장 아름다운 여인'을 차지한 다 바르카에 대한 에르발의 질투와 증오이다. 그러나 독자로 하여금 긴장감을 늦추지 못하게 하는 에르발의 집요한 짝사랑은 오히려 다 바르카의 목숨을 구하고, 두 연인의 사랑이 결실을 맺는 결정적인 계기로 작용한다. 물론 여기에도 마술적 사실주의 기법을 적용한, 그리하여 에르발의 손에 처형된 화가를 되살려내고, 화가를 통해 가해자에게 화해와 용서의 손을 내밀도록 만든 작가의 의도가 숨어 있음은 두말할 나위가 없다. 그러나 전술한 대립들은 시각적이고, 그러기에 피상적인 대립에 불과하다. 이 소설 속에는 전쟁이라는 테제를 전제로 더 많은 대립들이 숨어 있다. 화가와 강철인간이 상징하는 선악의 대립, 교도소 사제와 노보아 산토스 박사로 대변되는 '묵시록'적인 설교와 '지적 이론'의 대립, '창조설'과 '종의 기원'의 대립 등이 그것들이다. 보다 폭넓은 의미에서 매개체인 전쟁을 놓고서 신이 중심인 기독교 사상과, 상대적으로 인간 자체의 존엄성이 기반이 된 진화론의 대립으로 요약될 이러한 대립들은 비밀코드나 암호처럼 서술되고, 게다가 은유적인 언어와 결합하면서 다양한 해석과 분석을 요구하게 만든다. 여기서 한 가지 분명한 해석이 있다면 그것은 악의 기운에 맞서 투쟁하는, 두 번이나 죽음 앞에서 되살아난 다 바르카를 불경스럽게도 또 하나의 '죽음에서 부활한 성자'로 간주할 수밖에 없는 분명한 이치를 승자들과, 그리고 독자들이 깨닫게 해준다는 것이다. 그들의 승리는 결국 그들 자신이 만들어낸 착각임을, 나아가 양자의 대립은 결국 인간들 스스로가 빚어낸 모순임을.

『목수의 연필』은 에스파냐 현대문학이 생산한 최고의 산문으로 평가받는 단편 「나비의 혀」 이후, 갈리시아에서 만들어낸 최고의 전쟁문학이라는 찬사를 받는다. 귄터 그라스는 "나는 에스파냐 내전을 역사책이 아닌, 마누엘 리바스의 『목수의 연필』을 통해 더 많이 배웠다"고 토로한다. 이는 무엇보다도 작가의 산문 문법, 즉 서사방식과 구조, 특유의 시적이고 절제된 언어 덕분이다. 장편치고는 길지 않는 분량(약 700매)에 20장으로 구성된 소설 속에는 현재와 과거를 오가는 플래시백, 전지적―작가 혹은 신문기자―시점과 등장인물―화자인 '나' 에르발―의 시점의 교차, 현실과 픽션의 경계를 허물어뜨리는 라틴 아메리카 문학의 전유물인 마술적 사실주의가 전체를 지배하고 있다. 또한 이 책에는 에스파냐가 지니고 있는 특유의 지방 언어가, 다시 말해 갈리시아 지방에서 태어나고 성장한 작가만이 빚을 수 있는 토속적인 언어가 모스 부호 같은 비유와 은유 혹은 상징으로, 판화 같은 우화나 삽화 같은 에피소드 형태로 도처에서 암시처럼 빛난다. 따라서 이 작품을 전쟁문학이라는 장르에 가두기에는 다소 무리가 있다. 이러한 의미에서 시인이자 소설가인 데 트라세그니에스의 목소리는 귀담아들을 만하다.

『목수의 연필』은 소설이 아니라, 소설 그 이상의 소설이다. 이런 유형의 작품을 위해서는 새로운 명칭을 만들어야 할 것이다. 에스파냐어로는 적절한 어휘가 없다. 프랑스어는 누벨과 로망으로 차별한다. 그러나 프랑스식의 분류 역시 적절하지 않다. 이 소설의 내용은 위대한 인간적인 테마를 다루는, 즉 액션과 함께 인간들의 갈등과 불화를 다루는 로망인 반면, 상대적으로 그 문체는 간결하고 경이로운, 온통 시적인 이미지로 형상화되어 있기 때문이다.

전쟁문학은 역사가 존재하는 한 계속된다. 그러기에 마

누엘 리바스의『목수의 연필』은 에스파냐 내전을 배경으로 쓰인『카탈로니아 찬가』가 카탈루냐 지방의 바르셀로나와 함께하듯,『누구를 위하여 좋은 울리나』가 카스티야레온 지방의 세고비아와 함께하듯, 갈리시아 지방의 산티아고 데 콤포스텔라와 함께 영원히 읽힐 것이다.

『목수의 연필』은 본래 갈리시아어로 출간되었으며, 마누엘 리바스의 전작을 번역하는 돌로레스 빌라베드라에 의해 에스파냐어(카스티야어)로 재출간되었다.

따라서 우리말 번역을 위해 사용한 원전은 카스티야어로 쓰인『El lápiz del carpintero』(Alfaguara 출판사 판, 16쇄)이다.

2012. 10

정창